ARCHE

DIDIER DECOIN

DER TOD DER KITTY GENOVESE

ROMAN

Aus dem Französischen von Bettina Bach

ARCHE

Das Zitat von Jean-Jacques Rousseau stammt aus der *Abhandlung über den Ursprung und die Grundlagen der Ungleichheit unter den Menschen*. Aus dem Französischen übersetzt und herausgegeben von Philipp Rippel. Reclam: Stuttgart 1998, S. 63.

Das Zitat von Dante Alighieri ist folgender Ausgabe entnommen: *Die göttliche Komödie*. Aus dem Italienischen von Wilhelm G. Hertz. München: Winkler 1957, S. 7.

FSC www.fsc.org
MIX
Papier aus verantwortungsvollen Quellen
FSC® C023842

Deutsche Erstausgabe
1. Auflage 2011

Die Originalausgabe erschien 2009 unter dem Titel
Est-ce ainsi que les femmes meurent? bei Grasset, Paris.

Aus dem Französischen von Bettina Bach
Lektorat: Claudia Jürgens, Berlin
Umschlag: Max Bartholl, b3K, Hamburg – Frankfurt a. M.
Umschlagmotiv: © plainpictures / Jeff Spielman
Druck und Bindung: Bercker Graphischer Betrieb, Kevelaer
Printed in Germany 2011
ISBN 978-3-7160-2660-1

www.arche-verlag.com

für Audrey,
für Charlotte,
für Sophie …

Nur noch die Gefahren für die gesamte Gesellschaft können den ruhigen Schlaf des Philosophen stören und ihn aus seinem Bett reißen. Man kann unter seinem Fenster ungestraft einen Mitmenschen hinmorden: er braucht sich nur die Ohren zuzuhalten und sich einige Argumente auszudenken, um die Natur, die in ihm aufbegehrt, daran zu hindern, sich mit demjenigen zu identifizieren, den man umbringt.

Jean-Jacques Rousseau

Es war (…)
am frühen Morgen, als ein Dragoner
dir ein Messer ins Herz stieß.
Leben die Menschen wirklich so?

Louis Aragon

IRGENDWO IN HARLEM, heruntergekommene, ölig riechende Gebäude, Zigarrenrauch und Chypreparfüm, platt gefahrenes Gemüse auf der Straße, Wäsche auf den Balkons, Unterhosen und Büstenhalter mit erstaunlich großen Körbchen, der Wind vom East River weht Zeitungen an die Laternenmasten, an Hydranten, um die vernachlässigte Gören tanzen, die Sonne und das Wasser zaubern Regenbögen über ihre kraushaarigen Köpfe. Ein Gebrauchtwagenhändler hat sich dort niedergelassen, wo früher einmal ein Parkplatz war. Er brauchte nur ein Schild aufzuhängen, *Bolson & Garnett – Used Cars – All Models with Full Guarantee.* Alles andere blieb unverändert, er ließ die hohen Zäune zum Schutz vor Rowdys stehen, nutzte das ehemalige Parkplatzwächterhäuschen als Verkaufsbüro, und die Scheinwerfer hoch oben, die sich im Wind vom Fluss her wiegen, lassen die Karosserien strahlen, doch die dubiosen Fahrgestelle, die zusammengeflickten Auspuffrohre, die abgefahrenen Reifen bleiben im Schatten.

In New York ist niemand besser darin Menschen zu beurteilen, als Gebrauchtwagenhändler. Sie beurteilen, wohlgemerkt, nicht sie verurteilen. Mit Moral haben Gebrauchtwagenhändler nichts am Hut. Sie sind Experten. Für Motoren, für Karosserien, für Menschen. Also begnügen sie sich damit, die Kaufkraft ihres potenziellen Kunden abzuschätzen. Die wichtigsten Beurteilungskriterien in den Sechzigern waren: die Krawatte, aber nicht ihre Farbe, sondern die Art, wie sie gebunden war (der dicke Knoten, satt und selbstgefällig, flößte dem Verkäufer Vertrauen ein; der kommaförmige, magere, zu enge Knoten deutete auf meist zähe, lange Verhandlungen mit einem ungewissen Ausgang hin); die Länge der Fingernägel (man sieht es auf den ersten Blick, wenn jemand sich die Nägel feilt, es lässt auf einen gewissen Wohlstand schließen; wer pleite ist, kauft sich keine Feile, sondern stutzt sich die Nägel mit der Schere); der Atem, der weder nach Bier riechen darf (Gebrauchtwagenhändler fürchten nichts so sehr wie Säufer, die gar kein Auto kaufen, sondern nur ihren Rausch auf einer bequemen Rückbank ausschlafen wollen) noch nach Aceton (ein Anzeichen für eine schlechte Verdauung, also unregelmäßige Nahrungsaufnahme, das heißt ein Einkommen mit Höhen und Tiefen) oder nach Banane (bananiger Mundgeruch weist oft auf Kummer oder gar Depressionen hin, was unerklärlich ist, aber wahr).

Horace Garnett wusste, dass einem als Gebrauchtwagenhändler alle möglichen Menschen über den Weg laufen. Vom stinkreichen Kerl, der für ein altes Modell schwärmt, weil es ihn an den dicken Bel Air aus seiner Kindheit erinnert (das *Rosebud*-Syndrom), bis zum armen Schlucker, der zweimal am Tag vorbeikommt, um seinen fortschreitenden Verfall in den glänzenden Stoßstangen, den riesigen Kotflügeln und den Unmengen Chrom an einem uralten Cadillac zu beäugen.

Der Schwarze, der um den Corvair herumstrich, war weder stinkreich, noch war er arm.

Er war etwa einen Meter fünfundsiebzig groß, hatte eine breite, fliehende Stirn, vorstehende Wangenknochen, einen kindlich erstaunten Blick und leicht heruntergezogene Mundwinkel – eher aus Langeweile als aus Geringschätzung, dachte Horace. Er könnte durchaus der ideale Kunde sein, so einer, der genau weiß, was er sucht, es gerade gefunden hat und nun bereit ist, jeden Preis dafür zu zahlen, um es nach Hause mitzunehmen.

»Dieser Wagen«, sagte Horace, »sehen Sie ihn sich gut an: Er ist ein Tier, das sich lauernd hinduckt, ein Löwe, bereit zum Sprung.«

Das war leicht übertrieben, der Corvair hatte genauso viel Ähnlichkeit mit einem platt gefahrenen Frosch wie mit einer Raubkatze auf der Jagd, doch Horace ging davon aus, dass Afroamerikaner empfänglich waren für diese Anspielung auf die Savanne und große Raubtiere – ihre Wurzeln und ihre Kultur, wenn auch nicht unbedingt ihr Stolz.

»Es geht mir um die Farbe«, sagte der Schwarze.

»Stimmt, die Farbe. Natürlich, die ist wichtig. Wäre Ihnen Blau vielleicht lieber? Oder Rot? Man könnte den Wagen umspritzen lassen. Ich kann Ihnen die Adresse einer Werkstatt geben, mit der wir zusammenarbeiten.«

»Er gefällt mir, wie er ist. Weiß.«

Ein flaches weißes Auto, kristallweiß, das Perlweiß von Zitronensorbet, das mit dem Schnee verschmelzen würde. Eine perfekte Tarnung. Im Winter gibt es in New York viele Tage mit Schnee. Sechzig Tage im Jahr – Tage mit vierundzwanzig Stunden, also insgesamt sechzig *Tage* und sechzig *Nächte*. Wenn man die Tage hinzuzählt, an denen es friert, sodass der Schnee nicht oder nur langsam schmilzt, kommt man im Schnitt auf drei weiße Monate.

Drei Monate, in denen ab einer bestimmten Uhrzeit nur noch wenige Menschen unterwegs sind. In denen die Straßen verlassen sind – natürlich niemals ganz menschenleer, doch sobald in New York Schnee liegt, achten die Leute nicht mehr auf ihre Mitmenschen, sie sind viel zu sehr damit beschäftigt aufzupassen, wohin sie ihre Füße setzen.

Die Dodges des NYPD, des New York Police Department, geraten trotz ihrer Spezialreifen immer wieder einmal ins Schlingern, oder sie drehen sich um die eigene Achse, den Polizeihunden erfriert die Schnauze, die Kälte zerknittert die Gerüche, rupft sie auseinander, nimmt ihnen die Substanz. Vor allem aber sind die Nächte in diesen drei Monaten die längsten im ganzen Jahr.

Mit diesem weißen Auto – wenn er es schaffte, den Kauf zu finanzieren – würden dem Schwarzen jedes Jahr ganze neunzig Nächte zur Verfügung stehen, in denen er Frauen töten konnte.

Fast ohne jedes Risiko, weil sein Auto so gut wie unsichtbar wäre. Und in den Nächten ohne Schnee hätte er immer noch den Vorteil, dass der Corvair schnell und dank des Sechszylinder-Boxermotors nahezu geräuschlos fuhr. Unsichtbarkeit und Schnelligkeit sind von Vorteil, wenn es darum geht, der Polizei zu entkommen, aber auch, wenn man sich seinen Opfern nähern will.

Die Biber waren die ersten gewesen, die die Jamaica Avenue oder vielmehr ihre zukünftige Straßenführung bevölkert hatten, ihren Verlauf, bevor sie zu einer der Hauptverkehrsadern von Queens wurde. Der winzige rote Fiat von Catherine Susan Genovese, genannt Kitty, sah, wie er sich so zwischen den schweren amerikanischen Wagen hindurchschlängelte, genauso wie einer dieser Biber aus, die zwischen Baumstämmen herumschwammen. Zumal die heisere Hupe des Fiats den kläglichen Ruf des kleinen Tiers täuschend echt nachahmte.

Zusammen mit den Nagetieren hatte sich ein Stamm von Algonkin hier niedergelassen, die Jameco-Indianer (daher der Name Jamaica), die Biber jagten. Bald gefolgt von englischen Siedlern sowie einigen wenigen Franzosen, alle darauf aus, sich an dem Fell und dem Öl der Biber zu bereichern.

Im Jahr 1880 war aus Jamaica eine echte Straße in einer echten Stadt geworden. Es gab eine Straßenbahn, sieben Bäcker, drei Ärzte, zwei Polizisten und einundzwanzig Buden, in denen Alkohol verkauft wurde. Die Straße wurde immer breiter, sie erwarb den Status einer Avenue, mit einem Mittelstreifen, einer Reihe von Verkehrsampeln sowie immer häufigeren und immer schwereren Unfällen, was dazu führte, dass die Anzahl der Verkehrspolizisten, Ärzte und Aufbahrungshallen zunahm. Da die trauernden Angehörigen ihren Kummer gern in Alkohol ertränkten, nahm auch die Anzahl der Spirituosenläden erheblich zu und damit die Kriminalität.

Dann, etwa zu der Zeit, als Amerika Kennedy zum Präsidenten wählte, setzte in der Jamaica Avenue ein Prozess wirtschaftlicher Verödung ein – umso schwerer aufzuhalten, als er unerklärlich war. Ladenketten, Restaurants, Kinos machten eines nach dem anderen dicht oder zogen weg. Die mit Kalkfarbe weiß getünchten Schaufenster gaben der Avenue die Anmutung einer mit Raureif überzogenen Stadt, erstarrt, als wäre ein Blizzard darüber hinweggefegt.

Es fanden sich schließlich doch wieder Inhaber für die leer stehenden Geschäfte, Importeure grellbunter Kleidung für eine vorwiegend hispanoamerikanische und schwarze Klientel. Zwischen Sutphin Boulevard und 169th Street wuschen zierliche kleine indisch-pakistanische oder puerto-ricanische Verkäuferinnen die Kalkfarbe ab, man konnte wieder durch die Scheiben hindurchsehen, und die knalligen Farben der Röcke und Rüschenblusen spiegelten sich nach jedem Regenguss in den Pfützen, die in den Schlaglöchern in der Fahrbahn und auf dem Bürgersteig standen.

Catherine »Kitty« Genovese schlängelte sich auf der Avenue zwischen den anderen Autos hindurch und schmetterte dabei aus voller Kehle »Where troubles melt like lemon drops« aus *Somewhere over the rainbow* im *Zauberer von Oz*. Sie lenkte mit einer Hand, mit der anderen Hand hielt sie einen »Mexikanischen Hut« in Reichweite ihrer rosa Zunge – eine mit italienischem Eis gefüllte Waffel in Form eines breiten, auf den Kopf gestellten Sombreros. Solange sie in ihrem roten Flitzer saß, stellte Kitty gern ihre italienischen Wurzeln zur Schau. Es war kein Zufall, dass sie einen Fiat fuhr. Doch kaum berührte ihr Fuß den New Yorker Asphalt, war sie wieder Amerikanerin durch und durch.

Kitty Genovese hätte eine dieser Boutiquen führen können, für die ein Großteil der Jamaica Avenue jetzt bekannt war. Es wäre ihr nicht schwergefallen. Sie, die die Prospect Heights High School in Brooklyn abgeschlossen hatte in Talar und Barett, hatte einen sicheren Geschmack, was Kleidung betraf. Jedenfalls für sich selbst, denn sie sah immer auf den ersten Blick, was ihr stehen würde und was nicht, fischte oft ein schlichtes Stück heraus, ein einfarbiges, einfaches Kleid, das andere Frauen übersahen, bei dem Kitty jedoch sofort erkannte, wie sie es mit einem schicken Accessoire – einem eleganten Halstuch, einem pfiffigen Gürtel, hübschen Ballerinas – aufpeppen konnte.

Aber statt auf Bekleidung war ihre Wahl auf eine Nachtbar gefallen. Die sie nicht besaß, sondern nur führte. Sie arbeitete bis zwei oder drei Uhr morgens dort, schlief bis elf oder zwölf Uhr mittags, und danach lagen lange Nachmittage vor ihr, sonnenbeschienen im Sommer, unter einem eisgrauen Himmel an verschneiten Tagen im Winter.

Auf ihrem Weg durch Hollis, einen der am dichtesten besiedelten Teile von Queens, rund zwanzig Kilometer von Manhattan entfernt, war die Jamaica Avenue gesäumt von flachen, gedrungenen und ziemlich verfallenen Gebäuden, die neben besagten Klamottenläden die Kapellen bizarrer Religionsgemeinschaften beherbergten, von denen viele irgendwann pleitegingen wie jeder andere schlecht geführte kleine Betrieb auch, Werkstätten, in denen jeder Krimskrams repariert wurde, sowie Imbissbuden. Es roch nach Gummi, frittierten Donuts, dem Dampf chemischer Reinigungen.

Die Bar, in der Kitty Genovese arbeitete, verschmolz mit dieser trostlosen Umgebung. Unter dem Schild – eine Art Würfel, von innen mit Neonröhren beleuchtet – führte eine schmale Eingangstür in einen beengten Raum. Der *Ev's Eleventh*

Hour Club, bei dem man fast länger brauchte, um seinen Namen auszusprechen, als um ihn zu durchqueren, war eine typische Stammkneipe, seine Kundschaft rekrutierte sich nur aus Bewohnern der zwei oder drei nächstliegenden Häuserblocks.

Die Leute kamen weniger zum Trinken als Kittys wegen. Vielleicht, weil sie sich weder so benahm noch so aussah wie eine typische Kneipenwirtin. Kitty Genovese war dunkelhaarig und gut gelaunt, hatte eine markante Nase, hohe Wangenknochen, ein dreieckiges Kinn und hübsche, spitze weiße Zähne, ihr Gesicht war so schön geformt wie ein besonders gelungenes Origami. Sie bewegte sich anmutig und strahlte, die Gäste des *Ev's Eleventh Hour Club* sagten, sie leuchte nachts wie ein Glühwürmchen.

Sie war das älteste von fünf Kindern einer italoamerikanischen Familie der Middle Class und hatte in Brooklyn gelebt, bis sich ihre Eltern, deren finanzielle Situation sich immer mehr verschlechtert hatte, nach Connecticut verkrochen. Nach New Canaan, eine ruhige und wohlhabende Stadt – weniger als zweieinhalb Prozent der Bevölkerung lebten unterhalb der Armutsgrenze –, die zu Recht ihren vom Gelobten Land inspirierten Namen trug und wo Kitty, so oft sie konnte, ihre freien Wochenenden verbrachte.

Im Geschichtsunterricht an der Prospect Heights High School war sie eine der Besten gewesen, und aus dieser Zeit stammte ihr Interesse an den großen Zusammenhängen. Nach dem sonntäglichen Mittagessen, wenn ihre Mutter die mit Ricotta und kandierten Früchten gefüllte Pastiera auf den Tisch stellte, stürzten Kitty und ihr Vater sich in endlose politische Diskussionen. Vincent Genovese hörte ihr respektvoll zu, obwohl er ihre Meinung nicht immer teilte, stellte Fragen und nickte bedächtig, wenn sie antwortete. Eine große Liebe verband die beiden miteinander. Kitty sparte darauf hin, eines Tages mit ihm zusammen ein italienisches Restaurant in New Canaan zu eröffnen.

Als sie die Leitung des *Ev's Eleventh* übernahm, wurde dort hauptsächlich Bier und Whiskey getrunken – Saloon-Getränke, die der Kellner Victor Horan ausschenkte und für die man auf das Talent einer Bardame verzichten konnte. Doch Kitty las Artikel über die Barkultur und machte sich daran, bunte Cocktails zu mixen, die nicht nur appetitlich aussahen, sondern auch köstlich schmeckten.

Den Shaker und den Barlöffel schwang sie zu den Klängen lateinamerikanischer Musik, mit der sie den Plattenspieler des *Ev's Eleventh* fütterte. Sie strahlte nicht die etwas plumpe Sinnlichkeit mancher Italienerinnen aus, ihre festen, sehnigen Waden waren eher die einer jungen Flamencotänzerin.

Wenn es im *Ev's Eleventh* zu warm wurde, bat sie Victor, die Tür einen Spaltbreit zu öffnen. Spätnachts war die Avenue verlassen. Zwei oder drei Nächte hintereinander sah Kitty jedoch durch den Türspalt einen weißen Corvair im Schritttempo vorbeifahren. Sie sagte sich, dass es genau das richtige Auto für ihre Trips zwischen Queens und New Canaan wäre.

Das Wort hat Nathan Koschel,
Mowbray House,
Austin Street 82-67, Kew Gardens.

IM MÄRZ 1964 HATTE ICH DAS GLÜCK, an Bord einer der allerletzten Constellations, die noch inneramerikanische Strecken flogen, nach New York zurückzureisen. Nachdem ich die Gangway hinuntergestiegen war, blieb ich eine Weile auf der Landebahn stehen, um mir die wunderbare Maschine anzusehen, der nur noch wenige Jahre blieben, ehe sie endgültig von den Jets verdrängt wurde. Und nach den Landeformalitäten stellte ich mich an eine der Glasfronten des Terminals, um dem schönsten Propellerflugzeug der Welt nochmals bewundernde Blicke zuzuwerfen.

Das ist der Grund, weswegen es schon dunkel war, als ich in Kew Gardens (Queens, NY) ankam, sodass ich, nachdem ich eilig aus dem Taxi gestiegen war, nichts Ungewöhnliches bemerkte.

Mir fiel auch nichts weiter auf, als ich mein Gepäck aus dem Kofferraum des Wagens hievte und es zum Eingang des Gebäudes schleppte. Zugegebenermaßen war ich ganz in meine Aufgabe vertieft und verfluchte wieder einmal meine Angst, dass mir etwas fehlen könnte, die mich daran hinderte, mit leichtem Gepäck zu reisen.

Aber wenn ich sage, dass ich nichts weiter bemerkte, liegt das vermutlich daran, dass wirklich nichts mehr zu sehen war, rein gar nichts. Denn niemand ist aufmerksamer als ein Angler, besonders wenn er sich, wie ich, in der Fliegenfischerei auskennt, die zum Großteil von der Auswahl des Köders abhängt. Die Technik des Anglers, das Feingefühl, mit dem er die Schnur auswirft und den Köder exakt an die richtige Stelle auf der Wasseroberfläche befördert, führt zu nichts, wenn seine Opfergabe unappetitlich und zudem unlogisch und beunruhigend aussieht. Forellen, Fische voller Misstrauen und Zweifel, werden nur einer in ihren Augen vollkommen glaubwürdigen Fliege auf den Leim gehen, das heißt, der Köder muss zu der Art von Insekten gehören, die zum Zeitpunkt der Angelpartie am häufigsten von den Zweigen und der Böschung ins Wasser fallen, und das kann man ohne sehr gründliche Beobachtung der Umgebung nicht herausfinden. Doch wenn man sich wie ich erst einmal angewöhnt hat, solche winzigen Kleinigkeiten am Flussufer wahrzunehmen, bleibt einem der Blick für kleinste Details für immer erhalten.

Ich nehme also an, dass der Regen, der, wie der Taxifahrer sagte, in den vergangenen Tagen reichlich in New York gefallen war, die Spuren des Blutbads weggewaschen, aufgelöst und fortgespült hatte. Sicher spielte auch die Sorgfalt der Angestellten der städtischen Reinigung eine Rolle, ebenso wie die des Personals der Bar *Old Bailey's*, das den Boden ebenfalls geputzt hatte, und nicht zu vergessen die tatkräftige Unterstützung von Joseph Fink, dem Verwalter von Mowbray House, wo wir, Guila und ich, wohnen, genau gegenüber der Stelle, wo alles begann.

Kew Gardens gehört zu den angenehmsten und ruhigsten Teilen von Queens, und niemand hier möchte, dass sich das ändert. Verständlicherweise waren also alle von dem Wunsch erfüllt, dass die letzten Spuren dieser Schreckensnacht verschwanden. Zumal es nur noch ein paar Stunden bis zum Beginn des Sabbats gewesen waren, den man damals in Kew Gardens peinlich genau einhielt.

Jedenfalls verlangsamten in den Tagen, die auf meine Rückkehr folgten, nur noch die Hunde ihre Schritte an der Stelle auf dem Bürgersteig, wo Catherine Kitty Genovese überfallen worden war, und schnüffelten ungewohnt hektisch am Boden. Ihre Herrchen zogen dann ungeduldig an der Leine, weil sie glaubten, ihre Tiere würden am Urin anderer Hunde riechen. Doch die Hunde wussten, dass Blut und nicht Urin an dieser Stelle vergossen worden war: Solange ich noch in der Austin Street wohnte, sah ich hinterher nie mehr einen Hund dort das Bein heben, um sein Revier zu markieren.

Dann erlahmte das Interesse der Hunde an dieser bestimmten Stelle. Sie kamen so oft dort vorbei, wo Kitty niedergemetzelt worden war, dass sie mit der Zeit der täglich schwächer werdenden Gerüche müde wurden.

Mit einer Chemikalie wie Luminol, die im Kontakt mit Hämoglobin schön bläulich leuchtet, wäre es sicher möglich gewesen, Blutspritzer aufzuspüren, die zwar unsichtbar und geruchlos geworden, aber trotzdem nicht verschwunden waren. Es sei denn, eben die Putzleute, deren Eifer ich gerade gelobt habe, hätten, aus einem Bedürfnis heraus, den Tatort zu desinfizieren, den Bürgersteig samt den Häuserfronten mit einer Chlorlösung übergossen, welche ebenso wie Meerrettich (seltsam, nicht wahr?) die Eigenschaft hat, Luminol zu »täuschen«.

Mehr als fünfzehn Kilometer vom Zentrum New Yorks entfernt, erinnerte die Austin Street Mitte März, in der noch schwachen Sonne, an die gute Seite des Lebens auf der

Straße und vor allem an die friedliche Stimmung in einer amerikanischen Kleinstadt, wo es nach geröstetem Mais, *spare ribs* und warmem Zimtgebäck duftet. Kew Gardens – hervorgegangen aus der unwahrscheinlichen Allianz eines Golfplatzes mit einer Eisenbahnlinie (eben jener zum Friedhof Maple Grove, der sich ungeahnter Beliebtheit erfreute – ich spreche von einer Zeit, als Queens fast mehr begrabene als lebende Einwohner hatte) –, Kew Gardens also ist ein friedlicher, mit baumbestandenen Avenuen und einigen Gebäuden im Tudorstil überzogener Kleinplanet, der in seinem eigenen Tempo nicht *um* seine Sonne, sondern direkt im Herzen derselben kreist: New York.

Als Kitty Genovese niedergestochen wurde, fanden jedes Jahr auf amerikanischem Boden etwa zehntausend Morde statt. Das erklärt, wieso eine Zeitung wie die *New York Times* dem Verbrechen, das sich direkt unter unseren Fenstern ereignete, während ich in New Mexico damit beschäftigt war, mit Nymphen Bachforellen im San Juan zu angeln, nur wenige Zeilen auf Seite zwölf widmete (*Queens: Junge Frau vor ihrer Haustür erstochen*). Guila, die in meiner Abwesenheit drei Tage zu unserer Tochter in Sagadahoc County (Maine) gefahren war, erfuhr erst nach ihrer Rückkehr von der Tragödie – und diejenigen, die ihr die Geschichte erzählten, wussten noch nichts von den unerträglichsten Details.

Obgleich die Presse zunächst wenig Interesse an dem Mord zeigte, fuhr die Polizei sofort schweres Geschütz auf. Nicht weniger als dreißig Ermittler wurden abgeordnet, um das Viertel zu durchkämmen, besonders das an Forest Hills grenzende Gebiet. Das ist der vornehmste Teil von Queens: Die Häuser dort sind eleganter, malerischer und sehr viel teurer als anderswo; man nennt sie allerdings auch nicht Häuser, sondern Residenzen, Villen, Anwesen, dort fühlt es sich an, als wäre man weit weg von New York, wie in einem englischen Park.

Da die Polizei im 112. Revier recht zufrieden war mit ihrer letzten Bilanz in Sachen Kriminalitätsbekämpfung, wollte sie nicht zulassen, dass sich nun wieder ein Klima der Angst breitmachte. Zumal sich jetzt, mit dem nahenden Frühling, immer mehr Menschen nachts draußen auf der Straße aufhalten würden.

Die Bewohner von Kew Gardens sprachen offen darüber, was in den frühen Morgenstunden des 13. März passiert war – besonders die Gäste des *Old Bailey's*, was insofern logisch war, als der Überfall nur wenige Meter von ihrer Stammkneipe entfernt stattgefunden hatte. Doch was sie sagten, war nicht weiter aufsehenerregend: Man fragte sich vor allem, was Kitty, der alle im Viertel irgendwann über den Weg gelaufen waren, für ein Mensch gewesen sein mochte, und kam zu dem Schluss, dass man im Grunde genommen kaum etwas über sie wusste.

Anthony Corrado, der bei Fairchild Fine Furniture an der Austin Street Möbel verkaufte, erzählte zum wiederholten Male (er liebte diese Anekdote), wie er sie knapp ein Jahr zuvor, an einem Frühlingstag, kennengelernt hatte. Kitty und eine Freundin, die sie als Mitbewohnerin vorstellte, seien in sein Geschäft gekommen, um zu fragen, ob er ihnen helfen könne, ein Schlafsofa in ihre Wohnung im ersten Stock zu tragen, sie zögen gerade dort ein – von Berufs wegen wisse er doch sicher, wie man ein zu breites Bett eine zu schmale Treppe hinaufbekomme.

Als Möbelverkäufer hat man nur selten die Chance, junge Frauen zu beeindrucken, also ergriff Tony Corrado diese Gelegenheit beim Schopf. Zusammen mit einem seiner Neffen nahm er das Problem in Angriff. Dabei übertrieben sie die Schwierigkeit des Unterfangens schamlos, um ein wenig anzugeben. Als das Schlafsofa schließlich an Ort und Stelle stand, wollte Kitty dem Ladeninhaber zum Dank für seine Mühe ein paar Dollars geben, doch er lehnte ab. So seien die Menschen in Kew Gardens eben, wo gegenseitige Hilfe keine leere Phrase sei. Es sei der ideale Ort, wenn man auf echte zwischenmenschliche Beziehungen und auf ein ruhiges Leben Wert lege.

»Die einzigen Störenfriede in den letzten fünfzehn Jahren, seit ich hier wohne«, sagte Corrado zu den beiden Frauen, »waren kämpfende Katzen und ab und zu irgendein Säufer, der aus dem *Old Bailey's* rausgeworfen wurde.«

Bei diesen Worten hätten Kitty und ihre Freundin sich etwas zugeflüstert und gelacht, so etwas wie: »Sie können sich auf uns verlassen, wir werden den Laden hier schon aufmischen!« Zumindest bildete Tony Corrado sich das ein, und als sie wieder unten im Geschäft waren, sagte er zu seinem Neffen, mit den beiden im Haus würden sie sich bestimmt nicht langweilen, so hübsche, offene junge Frauen, sie seien sicher Stewardessen, war Tony überzeugt.

Er täuschte sich in zweierlei Hinsicht: Sie waren keine Stewardessen, und sie taten nichts, um das Viertel wachzurütteln – zumindest nicht in dem positiven Sinn, der Corrado vorschwebte.

Trotz ihrer italienischen Wurzeln war Kitty weder überschwänglich noch redselig. Sie war zwar gelegentlich ausgesprochen fröhlich und lachte herzhaft, doch man wusste nicht recht, weswegen. Die Leute stellten sich gern vor, dass sie einfach glücklich war, machten sich aber keine Gedanken darüber, keiner versuchte herauszufinden, was sie erheiterte, vielleicht, weil sie außer ihrem Glück noch etwas anderes ausstrahlte, was einen veranlasste, genauso zurückhaltend zu sein wie sie.

Hin und wieder trug sie ein weißes Batistkleid, das ihr weit übers Knie ging, fast bis zum Knöchel, und dessen Korsage die Schultern frei ließ. Sie hatte es sicher für eine Hochzeit gekauft, es war ein feines und zugleich jugendliches Kleid, empfindlich und bestimmt aufwendig zu reinigen – kein Kleid, das man einfach in die Maschine im Waschsalon an der Ecke stopfte –, sodass Kitty es nur zu besonderen Anlässen trug, am 4. Juli, zu Thanksgiving oder auf einem Fest, wo getanzt wurde; dann wirbelte sie auf dem Bürgersteig herum, damit alle sahen, wie schön weit ausgestellt das Kleid war, eine große weiße Blütenkrone, sie erinnerte an Natalie Wood in *West Side Story*, obwohl in dem Film eher Rita Morenos Kleid gestärkt und weiß ist und herumwirbelt.

Kitty war das *girl next door* schlechthin, jemand, dem man »guten Tag« und »guten Abend« sagt und der »guten Abend« und »guten Tag« antwortet, man würde ihr sein Shampoo leihen, sich aber scheuen, ihr eines seiner Lieblingsbücher zu borgen, wie *Wer die Nachtigall stört* von Harper Lee.

Und jetzt, nach ihrem Tod, konnte man nichts mehr über sie erfahren. Warum also über sie reden und bis zum Gehtnichtmehr wiederholen, was passiert war?

Es lohnte auch nicht, sich zu fragen, was aus Mary Ann werden würde, dem Mädchen, mit dem sie zusammengewohnt hatte. Die vorherrschende Meinung (ich beziehe mich wiederum auf die Gäste des *Old Bailey's*, die mit Sicherheit am besten informiert waren) lautete, dass die etwas jüngere und fülligere Mary Ann, die eine gewisse Ähnlichkeit mit Kim Novak hatte – sie war blond, während Kitty brünett gewesen war –, recht bald einen netten jungen Mann kennenlernen würde, der sie den Anblick der blutüberströmten, verrenkten Leiche ihrer Mitbewohnerin vergessen lassen würde.

Wir hatten nichts verstanden.

BIS ZUM 27. MÄRZ, also vierzehn Tage nach dem Mord, blieb es still.

Dann kam dieser Kerl. Martin Gansberg von der *New York Times*.

Gansberg, geboren in Brooklyn, hatte als Absolvent der St. John's University in den Nachtschichten als Bürojunge bei der *New York Times* angefangen. Er stieg rasch auf und wurde 1960 von der Redaktionsleitung nach Paris entsandt, um die internationale Ausgabe zu betreuen.

Nach seiner Rückkehr in die Vereinigten Staaten stieß Gansberg zum Team von Abraham Michael Rosenthal, Chefredakteur des Lokalteils. Ein echtes Original. Mit Wutausbrüchen, die in die Annalen der Zeitung eingehen sollten. Kein Zweifel, er würde die *New York Times* retten. Verhindern, dass sie dasselbe Schicksal erlitt wie die anderen dahinsiechenden Zeitungen, die das Fernsehen schließlich erledigt hatte – eine fahrlässige Tötung, denn bei näherer Betrachtung war es weder das erklärte Ziel des Fernsehens, die Presse auszumerzen, noch profitierte es in irgendeiner Weise davon. Entgegen den Prophezeiungen des Medienwissenschaftlers Marshall McLuhan verließen wir die Gutenberg-Galaxis nicht in Richtung Marconi-Galaxis. Die Bilder trugen nicht den Sieg über die Wörter davon. Je kurzlebiger, also je chaotischer die Informationen werden, desto mehr brauchen wir den Text als Maßstab, um sie dekodieren, einordnen und überprüfen zu können.

Ich kann mich noch gut daran erinnern, wie Guila und ich von dem Mord an Präsident Kennedy erfuhren, genau drei

Monate und zwanzig Tage vor Kittys Tod. Guila hörte gerade eine ihrer Lieblingssendungen im Radio – eine Marathonlesung von *Krieg und Frieden* auf WBAI –, als das Programm unterbrochen wurde, jemand ans Mikrofon trat und völlig aufgelöst sagte: »Ein Attentat in Dallas, jemand hat auf den Präsidenten geschossen, Kennedy soll tot sein, ich wiederhole: John F. Kennedy soll in Dallas bei einem Attentat ums Leben gekommen sein ...«

Guila wurde leichenblass, wir wechselten Blicke, und dann schaltete sie reflexhaft das Radio aus, weil es gerade eine solche Ungeheuerlichkeit verkündet hatte, aber auch, weil diese keinerlei Wahrheitsgehalt haben konnte, weil sie nur heiße Luft war – und tatsächlich sind Funkwellen ja weniger als Luft, man kann mitten durch sie hindurchgehen, ohne sie überhaupt wahrzunehmen. Und dann sagte ich: »Ich lauf mal schnell runter und kaufe die Zeitung, dann wissen wir mehr«, ohne auch nur eine Sekunde daran zu denken, dass es der *New York Times* technisch unmöglich war, innerhalb weniger Minuten nach dem Ereignis eine Sonderausgabe herauszubringen. Für mich war keine Information zuverlässig, solange sie nicht überprüft und schriftlich niedergelegt war, und das ist heute noch so.

Es gibt keinen Sieg der Bilder über die Wörter. Das Fernsehen erlaubt es den Menschen schlicht, unmittelbar Zeuge eines Ereignisses zu werden, anstatt durch den Artikel eines Journalisten davon zu erfahren, egal, wie authentisch, brillant formuliert oder gar – warum nicht? – künstlerisch wertvoll dieser Artikel auch ist.

Allerdings bringt das Fernsehen nur sprachlose, ohnmächtige Zeugen hervor, dazu verdammt, die gesehenen Bilder über sich ergehen zu lassen, ohne einschreiten zu können. Stellen

Sie sich mal vor, wie verzweifelt jemand sein muss, vor dessen Augen sich eine Tragödie live abspielt, der aber nichts tun kann – aus dem einfachen Grund, dass eine Glasscheibe ihn von den Opfern der Tragödie trennt.

Es sei denn, dieser Person ist es ohnehin lieber, nicht einzugreifen ...

Guila und ich hatten zu der Zeit keinen Fernseher. Wenn ein wichtiges Ereignis von allgemeinem Interesse übertragen wurde, Kennedys Beerdigung zum Beispiel, sahen wir es uns im *Old Bailey's* an. Wenn es sich aber um eine Sendung handelte, die die anderen Gäste sicher nicht interessierte, die ich jedoch gern sehen wollte, wie eine Reportage über Angeln in Irland oder in den Gebirgsbächen der Pyrenäen, machte ich mich auf die Suche nach einem wohlwollenden Nachbarn (die Leute in Kew Gardens waren immer schon solidarisch und hilfsbereit), der mich den Dokumentarfilm bei sich schauen ließ. Ich fiel den Leuten nicht oft zur Last, Sendungen über die Fliegenfischerei sind ziemlich selten.

Da ich hingegen ein eifriger Zeitungsleser bin, war ich wirklich sehr dankbar für den frischen Wind, den Rosenthal in die Redaktion der *New York Times* brachte. Ich hatte die Ehre, ihn kennenzulernen und ein paar Worte mit ihm zu wechseln. So erfuhr ich von seiner Kindheit, die so tragisch war, dass es nicht einmal Dickens in den Sinn gekommen wäre, eine solche zu erfinden: Er wuchs in der Bronx in einer sehr armen, aber kinderreichen Familie auf und hatte das unwahrscheinliche Pech, erst seinen Vater und vier seiner fünf Schwestern zu verlieren, bevor er selbst an Osteomyelitis erkrankte, einer Knochenmarksentzündung, durch die seine Beine fast für immer gelähmt geblieben wären. Wer seine energischen Gesichtszüge, sein aufrichtiges Lächeln, das dichte schwarze Haar und die graugrünen Augen hinter der Hornbrille sah, konnte kaum glauben, dass er ein armes Würmchen gewesen war, das sein Leben um ein Haar im Rollstuhl verbracht hätte.

Knapp ein Jahr nachdem er den Posten des Chefredakteurs bekommen hatte, war sein Wissen über New York so umfassend, als wäre er ein wandelndes Lexikon – oder zumindest der Lexikoneintrag über New York.

Eine der wichtigsten Quellen für sein Wissen war der Polizeichef Michael J. Murphy.

Rosenthal kämpfte sich mit seinen Wutausbrüchen den Weg mit der Effizienz eines Lavastroms frei. Im Gegensatz dazu bestand Murphys beeindruckendes Register von Zornattacken aus Anfällen, von denen der eine von eisigerer Kälte war als der andere. Ein solch komplementäres Verhalten im Umgang mit Ärger konnte die beiden Männer einander nur näherbringen.

Sie schätzten sich nicht nur beruflich, sondern wurden auch Freunde.

Etwa zehn Tage nach dem Tod von Kitty Genovese trafen sich Rosenthal und Murphy zum Mittagessen. Endlich wurde das Wetter besser, und vor allem war es nicht mehr so bitterkalt.

Der Journalist hatte das Restaurant eines Hotels in der Nähe der 43rd Street ausgesucht, wo die *New York Times* ihren Sitz hatte. Wenn dort die Rotationspressen angeworfen wurden, übertrugen sich die Schwingungen auf den Boden und setzten sich bis zum Hotelrestaurant fort, wo die Gläser und Flaschen leise zu klirren begannen. So demonstrierte Rosenthal seinen Gästen Macht – nicht seine eigene (seine Kindheit hatte ihn gelehrt, dass man in Wirklichkeit keinerlei

Einfluss hat, solange man den Tod nicht aufhalten kann), sondern die seiner Zeitung. Natürlich brauchte er Murphy nichts zu beweisen, doch er mochte das betagte Hotel mit seiner altertümlichen Bar und den zerschlissenen Vorhängen, in deren Fasern Zigarettengeruch hing – da brauchte Rosenthal nur die Augen zu schließen, und er sah sich zusammen mit seinem Vater am Lagerfeuer sitzen, zu der Zeit, als dieser sich noch als Trapper in der Hudson Bay durchschlug. Er hatte eine schuldbewusste Schwäche für die durchweg braunen, pampigen und verkochten Speisen, die aussahen, als kämen sie aus der Kantine eines englischen Clubs.

Ein paar junge Prostituierte lärmten in den Fluren herum. Sie hatten das Glück gehabt, dass ihre Freier sie für die ganze Nacht bezahlt hatten. Ihre Freude hing weniger mit den paar zusätzlichen Dollars zusammen, die sie sich damit verdienten, als vielmehr mit der Gelegenheit, sich das Frühstück vom Zimmerservice bringen zu lassen und ausgiebig in den zwar gelblich verfärbten, aber herrlich tiefen Emaillewannen zu baden.

Woher ich das weiß? Von Martin Gansberg, dem Rosenthal gleich nach seinem Treffen mit Murphy alles haarklein berichtet hatte. So war er, Rosenthal, er liebte Details über alles; für ihn waren es diese unbedeutenden Nichtigkeiten, die einen anständigen, aber banalen Artikel in einen herausragenden verwandelten. Als Beispiel nannte er die ersten Texte, die Hemingway als junger Reporter für den *Kansas City Star* geschrieben hatte. Sie behandelten alle Zwischenfälle, die sich in dem Dreieck zwischen Polizeiwache, Bahnhof und Krankenhaus zutrugen – und trotz der notorisch trivialen Themen fühlte man sich von diesen Lokalnachrichten persönlich betroffen, weil sie von Details wimmelten, von kleinen, flüchtigen, verzagten Existenzen, die nicht die Ziegelsteine des Lebens waren, sondern der bescheidene graue Mörtel, der die Ziegel zusammenhält und es ihnen erlaubt, Gestalt anzunehmen und zum Himmel zu wachsen. Sinn zu ergeben.

Beide Männer gaben ihre Bestellungen auf, dann sprach Rosenthal vom Times Square, der auf dem besten Weg sei, zu verkommen. In den letzten vier, fünf Jahren, in denen die Sexshops und Peepshows in der ganzen Gegend überhandgenommen hätten, verzeichne man immer mehr Fälle von Taschendiebstahl, eingeschlagenen Schaufenstern, Bränden in Mülltonnen und so weiter. Delikte, die man im Augenblick eher als ärgerlich denn als schwerwiegend einstufen würde, doch man konnte nicht wissen, wann die Gereiztheit aufhöre und der Zorn beginne.

Der Polizeichef reagierte zunächst nicht, so abgelenkt war er von den jungen Nutten, die sich inzwischen im Speisesaal tummelten. Obwohl sie vom Zimmerservice bereits einen Korb feinsten Gebäcks, Rührei mit Spargelspitzen und Toasts mit Erdnussbutter und Cranberrysaft bekommen und das alles verschlungen hatten, verspürten sie schon wieder Appetit, diesmal auf Würstchen von Wall's.

Murphy wandte sich ab und nahm sich vor, ihr Kichern zu ignorieren. Im Gegensatz zu Rosenthal war er ein gebürtiger New Yorker. Genauer gesagt stammte er aus Queens. Also nahm er sich das, was sich am 13. März in Kew Gardens ereignet hatte, besonders zu Herzen.

Er beugte sich vor, schob seinen Teller mit dem Hühnchen mit zweierlei Soßen beiseite – einer braunen, zähflüssigen und einer anderen, grünlichen, vermutlich einer Minzsoße:

»Bruder«, sagte Murphy zu Rosenthal (die Lage musste ernst sein, wenn er ihn Bruder nannte, denn nur dann erlaubte er sich diese Vertraulichkeit – zum Beispiel, wenn die Presse bei einer Kindesentführung eine Lüge veröffentlichen sollte, um die Entführer in eine Falle zu locken), »diese Sache, Bruder, die da vor zehn Tagen in Queens passierte, würde ein ganzes verdammtes Buch füllen.«

Dabei war – soviel Rosenthal wusste, und er gehörte zu den bestinformierten Menschen der Stadt – der Mann, der Kitty Genovese ermordet hatte, vor wenigen Tagen gefasst worden. Und hatte ein umfassendes Geständnis abgelegt.

»Aber ihr habt den Schlächter doch, der das getan hat, oder?«

»Stimmt, der sitzt«, bestätigte Murphy.

Aber in der Stimme des Polizisten lag nicht eine Spur von Zufriedenheit. Sein Tonfall wie auch sein Blick waren betrübt – fast gekränkt, dachte Rosenthal. Dabei war es ihm gelungen, einen Mörder dingfest zu machen, der bisher in keiner Verbrecherkartei auftauchte, und das nur wenige Tage nach dem Verbrechen, bei dem am Tatort keinerlei brauchbare Indizien gefunden wurden, das war doch ein toller Erfolg.

»Sollen wir noch lautere Lobeshymnen anstimmen?«, fragte Rosenthal lächelnd. »Kein Problem. Nennen Sie mir die Namen der Männer, die Sie auf den Fall angesetzt haben, und die *Times* wird Ihnen Lorbeerkränze binden.«

»Darum geht es nicht«, sagte Murphy. »Auf Huldigungen kann ich verzichten. Aber es wäre nicht schlecht, wenn jemand erzählen könnte, was in dieser Nacht *wirklich* passiert ist.«

Rosenthal, der gerade ein Stück verkohltes Fleisch aufgespießt hatte, legte die Gabel wieder hin, als wollte er Murphy damit zu verstehen geben, seine Geschichte interessiere ihn so brennend, dass er nicht einmal mehr essen konnte. Diese ungewöhnliche, fast übertriebene Aufmerksamkeit – sie war sein Trick, um seine Gesprächspartner dazu zu bringen, ihm ihr Herz auszuschütten, ihm alles zu erzählen. Er hätte nicht sagen können, wie viele Knüller er auf diese Weise schon gelandet hatte.

»Ach so?«, fragte er, indem er versuchte, so viel Neugier wie möglich in diese zwei kurzen Silben zu legen.

»Wir haben den erwischt, der das Messer in der Hand hielt, ja. Den, der die Frau niedergemetzelt hat. Aber anscheinend ist nicht er allein für ihren Tod verantwortlich.«

»Hatte er einen Komplizen?«

»Nicht einen«, entgegnete Murphy, »achtunddreißig.«

Rosenthal sah das Bild von achtunddreißig Angreifern vor seinem geistigen Auge, alle mit einem Messer bewaffnet, die wie wild auf eine achtundzwanzigjährige Frau einstachen.

»Oh, sie hatten kein Messer in der Hand«, sagte Murphy, als hätte er die Gedanken des Journalisten gelesen. »Außerdem haben sie sich gehütet, der Kleinen nahe zu kommen.«

»Aber wie haben sie sie dann umgebracht?«

»Sie werden es nicht glauben«, sagte Murphy.

In der Tat fiel es Abraham Michael Rosenthal schwer, sich vorzustellen, dass das Drama sich so abgespielt haben konnte, wie es ihm der Chef der New Yorker Polizei anschließend schilderte.

Und Millionen von Menschen fragten sich wie er – und sie fragen es sich immer noch –, wie so etwas hatte geschehen können.

WÄHREND ER NACH SEINEM MITTAGESSEN mit dem Polizeichef in Richtung 43rd Street zurücklief, entschied Rosenthal, dass Martin Gansberg der richtige Mann wäre, um diesen unerhörten und empörenden Fakten, die Murphy ihm gerade anvertraut hatte, nachzugehen.

Die Entscheidung für einen Neuling mochte überraschend sein. Mit seinen vierzig Jahren hatte Martin Gansberg sein Können zwar bereits hinreichend unter Beweis gestellt, doch mit Reportagen hatte er noch keine Erfahrungen. Somit machte sich Rosenthal auf den Neid der erfahrenen Berichterstatter gefasst. Doch das änderte seine Meinung nicht: Er wusste, dass er Gansberg die Geschichte nicht schmackhaft zu machen brauchte, dass dieser sofort anbeißen würde, wie jeder Anfänger, der beweisen will, dass er vertrauenswürdig ist. Er würde sich nicht davon abschrecken lassen, dass die Recherche möglicherweise langwierig und delikat werden würde und dass vielleicht auch nichts dabei herauskam.

Wenige Stunden später stellte Gansberg seinen Wagen auf dem Parkplatz der Long Island Railroad Station ab, wo Kitty Genovese in der Mordnacht ihren kleinen roten Fiat geparkt hatte. Er stieg aus und musterte neugierig das Haus im Tudorstil, in dem das Opfer gewohnt hatte.

Für New York waren solche Häuser mit Geschäften im Erdgeschoss und zwei Wohnetagen darüber ungewöhnlich. Diese Aufteilung hatte zur Folge, dass es keinen Eingang auf der Seite zur Austin Street gab und dass die Anwohner ums Gebäude herumgehen mussten, um zur Haustür und zur Treppe zu gelangen, die in ihre Etage führte.

Martin Gansberg überquerte die Austin Street und steuerte auf das zehnstöckige Gebäude an der Ecke zum Mowbray Drive auf der gegenüberliegenden Straßenseite zu. Die meisten Leute, die der Journalist interviewen wollte, lebten in diesem Wohnblock.

Als Gansberg bei mir klingelte (zweimal kurz, als wollte er sich von der Polente unterscheiden, die den Knopf immer sekundenlang gedrückt hält), saß ich gerade an dem Roman, den ich zu schreiben versuche.

Es ist die Geschichte eines Karpfenanglers. Eine denkbar beschauliche Art des Fischfangs, so weit von der Variante entfernt, die ich betreibe, wie die Schmetterlingsjagd von der Treibjagd auf Warzenschweine. Eine Art des Fischfangs, bei der ein Stück rohe Kartoffel den wichtigsten Köder darstellt – etwas ziemlich Banales und Gewöhnliches im Vergleich zu den von Fliegenfischern aus winzigen Fitzelchen von Hirschwedeln, Fell vom Hasen oder vom Reh, Rebhuhn- oder Truthahnfedern, etwas Neopren und Seidenfaden gebundenen Wunderwerken, die zu wirklichkeitsgetreuen Larven, Puppen und ausgewachsenen Insekten werden.

Aber immerhin ist gefüllter Karpfen eines der Symbole der jüdischen Küche, obwohl ich für meinen Teil den unvermeidlichen *gefilten Fisch* immer etwas fade finde.

Haskèl, der Held meines Romans, sieht ständig Angler hoch komplizierte und teure Köder verwenden und beschließt eines Tages, einen Karpfenköder zu erfinden und auf den Markt zu bringen, das perfekte Imitat eines Kartoffelstückchens. Natürlich würde dieser kleine Köder mehr kosten als eine simple Kartoffel, doch dafür könnte man ihn unendlich oft wiederverwenden. Und so steckt Haskèl sein ganzes Geld in die Finanzierung von Studien, Modellen, hydrodynamischen Versuchen und vor allem in den Erwerb einer exklusiven weltweiten Lizenz für seinen Köder.

An der Stelle, an der ich gerade mit meinem Buch bin, habe ich nicht die geringste Ahnung, wie es ausgehen wird. Haskèl kann steinreich werden, er kann sich aber genauso gut in den Ruin stürzen. Meine Unkenntnis dessen, wie es weitergeht, ist es, die mich motiviert, obwohl ich das Gefühl habe, dass mein Buch nicht besonders gut wird: Ich möchte einfach wissen, wie die Geschichte ausgeht.

Und wenn Haskèl erfolgreich ist, kann ich ja auch versuchen, einen künstlichen Kartoffelköder zu vermarkten. Warum nicht?

Guila findet es schade, dass das Thema meines Buches, angesichts des weiten Feldes an Fragen, vor denen die Menschheit stehe, so speziell sei. Worauf ich ihr erklärt habe, dass dieser Roman zwar bescheiden anfange, dass in ihm aber wegen meiner Zweifel an Haskèls Zukunft eine unendliche Vielfalt von Entwicklungsmöglichkeiten verborgen liege.

Nachdem Martin Gansberg mir den Grund für seinen Besuch genannt hatte, wies ich ihn darauf hin, dass ich in der Nacht vom 12. auf den 13. März nicht zu Hause gewesen war, ihm also keine weitere Auskunft geben könne. Dennoch würde ich ihm, da Guila und ich nicht alle Tage jemanden von der *New York Times* zu Besuch hätten, gern einen Kaffee oder ein Glas Chablis anbieten.

Ich war umso aufgeregter über seinen Besuch, als er mir anschließend erklärte, er habe sich die Namen notiert, die ihm Rosenthal genannt hatte, der wiederum von Michael Murphy die Zeugenliste von Assistant Chief Inspector Frederick M. Lussen und Lieutenant Bernard Jacobs bekommen hatte – und meiner war nicht dabei.

»Das ist mir nicht entgangen«, sagte Gansberg. »Aber ich dachte, dass ich mir in aller Ruhe ein erstes Bild von der Situation machen könnte, wenn ich bei Ihnen anfange. Ich meine: Warum sollten Sie mir misstrauen und meinen Fragen ausweichen?«

»Das stimmt. Ich bin nicht betroffen und meine Frau auch nicht. Nochmals, Mr Gansberg, Guila und ich haben keinerlei persönliche Kenntnis von dieser traurigen Sache.«

»Eine *traurige* Sache, sagen Sie? Warten Sie, bis Sie wissen, was wirklich geschehen ist, und Sie werden sich auf dieses Buch da stürzen, um ein anderes Wort zu finden.«

Er zeigte zu dem Tisch, auf dem mein Roman lag, auf das Synonymwörterbuch, das ich verwendete, um Wiederholungen zu vermeiden.

»Und dabei«, fuhr er fort, »bin ich mir nicht mal sicher, ob es überhaupt ein Wort gibt, das *das hier* trifft. Wenn ich erst meinen Artikel verfasse, werde ich mich um größtmögliche Sachlichkeit bemühen. Subjekt, Prädikat, Objekt. Fakten, keine Prosa.«

Er trat ans Wohnzimmerfenster, zog die Vorhänge auf, um besser sehen zu können, und blickte hinaus.

»Wie ist der Blick auf die Austin Street von Ihrer Wohnung aus? Ich meine: Wie ist der Blick, den man *nachts* auf die Austin Street hat, genauer gesagt der Blick auf den gegenüberliegenden Bürgersteig?«

»Der Blick ist ausgezeichnet, solange keine Blätter an den Bäumen sind.«

»Wie gerade jetzt?«

Er brauchte mich nicht, um festzustellen, dass die Bäume noch kahl waren. Doch ich nehme an, dass es bei Journalisten genauso zugeht wie bei Anglern: Jeder hat so seine Kniffe, seine Tricks, und seine Taktik bestand offensichtlich darin, seinen Gesprächspartner dazu zu bringen, automatisch zu antworten, ohne darüber nachzudenken, ob die gestellte Frage zweckdienlich war oder nicht.

Ich bestätigte ihm also, dass die Bäume kahl waren. Er nickte zufrieden: Ich war ein braver Bürger, einer, der einem Journalisten eine Art natürlicher Überlegenheit gegenüber Normalsterblichen attestiert und seine Fragen mit derselben verwirrten kindlichen Freude beantwortet, wie er Kästchen bei einem Multiple-Choice-Test ankreuzt oder sich einer Psychoanalyse unterzieht. Nun konnte Gansberg beruhigt fortfahren.

»Sie werden also nachts nicht von irgendeiner Lichtquelle geblendet, die die Sicht verstellt?«

»Welche Art von Lichtquelle meinen Sie, Mr Gansberg?«

»Tja, ich weiß nicht ... Beispielsweise störendes Licht von der Long Island Railroad Station?«

»Vom Bahnhof? Von dem könnte man eher das Gegenteil behaupten, zumindest nach halb zwei Uhr morgens, wenn der letzte Zug durchgefahren ist. Danach ist er ein regelrechtes schwarzes Loch.«

»Und wie sieht es mit Regen oder Nebel aus?«

»Die Straße ist zu breit, und es ist hier zu windig, als dass Nebel hängen bleiben würde. Und in der Nacht zum 13. hat es nicht geregnet.«

»Woher wissen Sie das, wenn Sie nicht da waren?«

»Angler achten auf das Wetter. Wenn ich irgendwo hinkomme, erkundige ich mich immer danach, wie das Wetter in den letzten Tagen gewesen ist. Wie es werden wird, kann ich selbst mit einiger Sicherheit vorhersagen.«

»Sie wohnen im fünften Stock. Würden Sie es hören, wenn unten auf der Straße etwas Ungewöhnliches vorfallen würde?«

»Sprechen Sie von einem Schrei?«

»Einem oder mehreren.«

»Das hängt stark vom Verkehr ab, also von der Uhrzeit: Mitten in der Nacht gibt es sehr viel weniger Autos als tagsüber, die Hintergrundgeräusche sind gedämpfter. Manchmal ist es sogar eine Weile still – oder jedenfalls fast, das Rauschen hört nie ganz auf. Wenn dann jemand anfangen würde zu schreien, würde ich es hören, glaube ich. Aber man darf die Fenster nicht vergessen: Sind sie offen oder geschlossen? Ich schlafe bei offenem Fenster, aber das ist nicht bei allen der Fall, die meisten hier im Haus sind um die sechzig, die haben es in ihrer Wohnung gern kuschelig warm, auch wenn sie schlafen. Bei geschlossenen Fenstern, besonders bei solchen mit Doppelglasscheiben, wie man sie in letzter Zeit immer häufiger sieht, müsste man auf der Straße wirklich laut brüllen.«

Gansberg sagte, das sei zu Beginn des Überfalls sicher der Fall gewesen.

Im Lauf der Zeit seien die Messerstiche jedoch so zahlreich und die Schmerzen so unerträglich geworden, dass die Schreie vermutlich allmählich in mehr oder weniger leises Weinen übergegangen seien. »Wimmern«, präzisierte er, um den Ausdruck des Rechtsmediziners aufzugreifen, den er zuvor befragt hatte, »vergleichbar mit dem Winseln eines traurigen kleinen Hundes. Was doch im Prinzip von relativ weit entfernt liegenden Wohnungen bei geschlossenen Fenstern kaum hörbar gewesen sein dürfte, oder?«

»Ich verstehe nicht, worauf Sie hinauswollen, Mr Gansberg.«

»Ich versuche nur, mir ein Bild zu machen, was die Leute gehört haben könnten. Oder besser gesagt, was sie *glaubten* zu hören. Einige Zeugen haben ausgesagt, der Überfall habe geklungen wie der Streit eines Paares.«

»Zeugen? Was für Zeugen?«

»Leute aus dem Haus, in dem Sie wohnen. Ihre Nachbarn von gegenüber, die Nachbarn über Ihnen, die unter Ihnen.«

Ich trat nun ebenfalls ans Fenster. Auf der anderen Seite der Austin Street stand das kleine Fachwerkhaus mit seinem Steildach und den auffallend hohen Fenstern, in dem Kitty gelebt hatte. In dem Regen draußen, der ein feines graues Streifenmuster darüberlegte, sah es aus, als käme es direkt aus einem alten Dokumentarfilm über englische Dörfer in Kent oder in den Cotswolds.

»Ich wüsste nicht, was sie bezeugt haben könnten. Wenn es stimmt, was man mir erzählt hat – und warum sollten meine eigenen Nachbarn oder meine Freunde aus dem *Old Bailey's* mich belügen? –, starb Kitty Genovese im Eingang ihres Wohnhauses, in das sie sich wohl geflüchtet hatte. Die verzweifelte Flucht eines verletzten kleinen Tiers, das versucht, sich in seinen Bau zu retten, so haben sie es dargestellt. Und wie Sie selbst feststellen können, ist der Eingang von hier aus nicht zu sehen – er liegt auf der Rückseite des Gebäudes.«

»Und was schließen Sie daraus?«

»Dass niemand etwas gesehen hat«, sagte ich. »Oder nur sehr wenig.«

Er verzog das Gesicht, als er den kalt gewordenen Kaffee trank. Und bedauerte es vermutlich, sich nicht für den Chablis entschieden zu haben. Er knabberte an einem der Zimtkekse, die Guila wie Blütenblätter auf den Untertassen angeordnet hatte.

»Und wie erklären Sie sich dann, dass die Polizei genau rekonstruieren konnte, was sich zwischen 3.15 Uhr, dem Beginn des Überfalls ...«

»Die dunkle Stunde, Gansberg.« – Das »Mister« ließ ich weg, wenn es so weiterging, würde ich ihn bald Martin nennen, oder, warum nicht, Marty? – »Diejenigen, die an Schlaflosigkeit leiden, sind endlich eingeschlafen, die Frühaufsteher schlafen noch. Draußen ist es stockfinster. Rauschen im Hintergrund wie eine ferne Brandung. Die dritte Schlafphase: Die Schlafenden sind völlig von der Außenwelt losgelöst, ihre Muskeln sind entspannt, die Atmung langsam und gleichmäßig, die Körpertemperatur gesunken, und man müsste sie kräftig schütteln, um sie aufzuwecken. Und da behaupten Sie, dass derart tief schlafende Menschen aufgestanden sein sollen, um sich ein Liebespaar anzusehen, das sich angeblich gerade unter ihren Fenstern stritt?«

»Ich behaupte gar nichts«, wehrte der Journalist ab. »Ich gehe vom Polizeibericht aus. Der Ablauf wurde Minute für Minute rekonstruiert. Wie ist die Polizei sonst, Ihrer Meinung nach, zu einem so genauen Tathergang gekommen?«

»Der Mörder hat doch gestanden, oder? Er hat alles erzählt. Bis ins Detail. Er muss es doch wissen.«

»Sie glauben also, dass der Mörder auf die Uhr geschaut hat, während er auf Kitty Genovese einstach? Und dass er sogar einen Bus der Linie Q10 an der Ecke Austin Street und Lefferts Boulevard bemerkt hat, der exakt um 3.35 Uhr vorbeifuhr? Oder dass er haargenau wusste, was sein Opfer machte, als er es kurz allein ließ, um sein Auto umzuparken? Diese und viele andere Details konnte die Polizei nur von direkten Zeugen erhalten, von Augen- oder Ohrenzeugen des Verbrechens. Übrigens haben sie das alles ganz und gar freiwillig Assistant Chief Inspector Lussen und Lieutenant Jacobs erzählt.«

Er hielt einen Augenblick inne, ehe er fortfuhr:

»Laut Polizeibericht waren es achtunddreißig Tatzeugen. Achtunddreißig Menschen, Männer und Frauen, die das Martyrium von Kitty Genovese eine halbe Stunde lang aus der Ferne verfolgt haben. Schön im Warmen hinter ihren Fenstern. Einige von ihnen mit einer Decke über den Schultern, andere hatten noch Zeit gefunden, in ihren Morgenmantel zu schlüpfen. Keiner hat irgendetwas unternommen, um die arme Frau zu retten. Nicht mal zum Telefonhöhrer haben sie gegriffen. Nein, nicht mal das! Um 3.50 Uhr hat es schließlich einer von ihnen geschafft, die Polizei zu rufen. Ein Streifenwagen war ganz in der Nähe, keine zwei Minuten später traf er ein. Es war zu spät.«

Guila stand abrupt auf und brachte das Tablett in die Küche. Nicht etwa, weil es gestört hätte, sondern weil meine Frau allein sein muss, wenn ihr etwas zu viel wird. Und das war hier der Fall. Sie entschuldigte sich mit einem Lächeln, und je weiter sie sich entfernte, desto schneller wurden ihre Schritte, sie rannte fast, als sie die Küche erreichte. Sie muss gegen irgendetwas gestoßen sein, das Tablett fiel ihr aus den Händen, ich hörte, wie die drei Tassen auf dem Boden zerschellten, und dann, wie Guila sich ins Spülbecken erbrach.

AM 27. MÄRZ, zwei Wochen also nach dem Tod von Kitty Genovese, erschien Martin Gansbergs Reportage auf der Titelseite der *New York Times*.

Eigentlich war es eher ein Leitartikel als eine Reportage. Eine Art moderne, kosmopolitische, New Yorker Version des *J'Accuse …!* von Emile Zola. Außer dass diejenigen, die hier an den Pranger gestellt wurden, keine hohen zivilen und militärischen Würdenträger waren wie bei der Dreyfus-Affäre, sondern im Gegenteil einfache Leute, zum Großteil im Ruhestand, die sich ausnahmslos streng an die Buchstaben des Gesetzes hielten. Keiner der Bewohner von Mowbray House oder der West Virginia Apartments hatte jemals auch nur die kleinste Straftat begangen, keinem dieser unbescholtenen Bürger hatte man auch nur ein Knöllchen wegen Geschwindigkeitsüberschreitung aufgebrummt oder weil er, wieder zum Fußgänger geworden, die Straße bei Rot überquert hätte.

Martin Gansberg hatte alle Anwohner getroffen und interviewt, die laut Polizeibericht in der Nacht vom 12. auf den 13. März zu Hause gewesen waren und in deren Wohnung es mindestens ein Fenster mit Blick auf den Tatort gab.

Alle wiederholten brav, was sie den Ermittlern des 112. Reviers zuvor bereits gesagt hatten.

Nun warteten sie darauf, als Zeugen aufgerufen zu werden und ihre Aussage noch einmal zu wiederholen – wie sie hofften, zum letzten Mal. Und zwar vor dem Gericht, das das Ungeheuer verurteilen würde, das ihre so charmante junge Nachbarin vor ihren Augen gequält, vergewaltigt und ermordet hatte.

Niemand hatte damit gerechnet, dass der Artikel über den Mord an Kitty Genovese, einer unbedeutenden kleinen Italoamerikanerin aus Queens, eine solche Flut von Reaktionen auslösen würde.

Eigentlich war die ganze Stadt noch mit dem Doppelmord an Janice Wylie und Emily Hoffert beschäftigt, zwei jungen Frauen, die am Anfang einer steilen Karriere standen, Janice im Journalismus und Emily im Schulwesen, und die den amerikanischen Traum symbolisierten.

Der ungeklärte Mord an der blonden Janice und der brünetten Emily, brutal niedergestochen in ihrer Wohnung in der Upper East Side, einer der angesagtesten Gegenden Manhattans – und das am 28. August 1963, genau zu dem Zeitpunkt, als Martin Luther King vor dem Lincoln Memorial in Washington rief: *I have a dream!* –, hatte die kostspieligste polizeiliche Ermittlung der Geschichte New Yorks zur Folge und wurde zur Dauerschlagzeile in den Boulevardblättern. Sogar in den großen Tageszeitungen konnte der Fall Wylie-Hoffert mit den immer verwirrenderen Erkenntnissen der Enthüllungsjournalisten über das Attentat auf Kennedy mithalten. *Das berühmteste Verbrechen der New Yorker Geschichte noch immer nicht aufgeklärt*, titelte die *New York Herald Tribune* an dem Tag, an dem Kitty unter den Messerstichen ihres Angreifers zusammenbrach.

Ich war sehr überrascht und ebenso, wie ich annehme, alle anderen Anwohner von Kew Gardens, als der Fall Genovese mit dem Erscheinen von Gansbergs Artikel diesen Mordfall verdrängte – und das, obwohl Janice Wylie hübsch, blond und zudem die Nichte des Bestsellerautors Philip Gordon Wylie gewesen war; Emily Hoffert war weniger attraktiv und in gesellschaftlicher Hinsicht nicht so interessant, sie erhielt daher ohnehin weniger Aufmerksamkeit von der Presse.

Kitty – »unsere« Kitty – wurde zum bekanntesten unschuldigen Opfer der Stadt.

Die Leserbriefabteilung der *New York Times* wurde mit Tausenden empörter Zuschriften überschüttet, einige von ihnen mit Spuren von Erbrochenem bespritzt, die der Urheber (des Briefs wie auch der Spritzer) dick unterstrichen oder umrandet hatte, um zu betonen, welchen Abscheu er angesichts von Gansbergs Artikel empfand (wobei nicht der Artikel selbst Anstoß erregte, sondern die Dinge, die darin standen). Währenddessen recherchierten andere Vertreter der Medien in Kew Gardens – genauer gesagt, sie okkupierten unser Viertel.

Die Übertragungswagen der Fernseh- und Radiosender nahmen jeden freien Quadratzentimeter Asphalt ein. Wie ein Schwarm dicker summender Hummeln schoben sie sich langsam zur Einfahrt des Parkplatzes an der Long Island Railroad Station, genau dorthin, wo Kitty am 13. März aus ihrem kleinen roten Auto gestiegen war, dem Tod entgegen.

Sobald die Sendewagen einen Platz gefunden hatten, fuhren sie ihre Antennen aus. Nach ihnen kamen die Straßenverkäufer und in ihrem Gefolge Kinder, die eigentlich in der Schule hätten sein sollen, Bauarbeiter mit gelben Plastikhelmen auf dem Kopf, schwarze Kinder, puerto-ricanische Maurer, Hotdog-Verkäufer, das bunte Volk, das unsere tristen Wintertage aufhellt – so meine ich jedenfalls, ich weiß, dass nicht alle diese Meinung teilen, aber ich weiß auch, dass Kitty so dachte wie ich –, Kinder und Erwachsene waren gleichermaßen fasziniert und begeistert von den Übertragungswagen, als gehörten sie zu einem Zirkus, der hier seine Zelte aufschlug.

In gewisser Weise stimmte das auch. Doch die Scheinwerfer beleuchteten eine verlassene Manege. Die Kameras waren nicht mehr auf den Bürgersteig gerichtet, auf dem der Angreifer Kitty mit dem Messer niedergestochen hatte, sondern sie schwenkten ihre Schnauzen nach oben und blickten auf die Stockwerke von Mowbray und West Virginia.

Ständig klingelte es bei uns. Journalisten. »O nein!«, sagte Guila. »Das geht zu weit, es reicht«, aber wir mussten ihnen wohl oder übel aufmachen, sonst gaben sie überhaupt keine Ruhe. Rasch klemmten sie ihren Fuß in die Tür, damit wir sie nicht schnell wieder zumachen konnten.

»Mr Koschel? Mrs Koschel? Wir machen eine Reportage über die Ereignisse am frühen Morgen des 13. März und ...«

»Ich war am 13. März nicht zu Hause. Meine Frau auch nicht.«

Misstrauisch sahen uns die Journalisten an. Wir waren nicht die Ersten und würden nicht die Letzten sein, die ihnen diese Antwort gaben. Doch wir konnten es ihnen beweisen: Guila und ich hatten unsere Flugtickets aufgehoben, ihres nach Bangor und meins nach Santa Fe – egal, mit welchem Transportmittel wir reisen, wir behalten unsere Tickets immer, damit unser Enkel Sammy Reisebüro spielen kann.

Dann entschuldigten sich die Journalisten (jedenfalls einige von ihnen) und fragten, ob wir nicht ein oder zwei Tatzeugen kannten, die einverstanden wären, mit ihnen zu reden. Guila erwiderte, es sei ihr lieber, gar nicht erst zu erfahren – *niemals* –, wer von den Menschen in ihrem Haus ein derart gleichgültiges Verhalten an den Tag gelegt hatte. »Oh, nennen Sie es ruhig feige, Mrs Koschel«, beteuerte der Journalist dann, »ich kann verstehen, dass Sie mit diesen Waschlappen nicht im selben Aufzug fahren wollen, aber das Leben geht weiter, und eines schönen Tages werden Sie ihnen ja doch über den Weg laufen« – und bei diesen Worten warf der Kerl einen gierigen Blick in unsere Wohnung. »Sagen Sie, ich habe den Eindruck, dass man von Ihrem Wohnzimmer aus einen verdammt guten Blick hat, dürften wir vielleicht ein paar Fotos vom Bürgersteig gegenüber machen, genau zwischen der Buchhandlung und dem *Old Bailey's*, wo der Dreckskerl sie angegriffen hat, einfach nur, damit die Leute begreifen, dass es wirklich vor den Augen der Zeugen passiert ist?«

Und wenn es Zeit für die Nachrichten war, reihten sich die Sonderberichterstatter vor Mowbray House auf (sie setzten eine den Umständen entsprechende Miene auf, die einen bestürzt und als hätten sie einen Kloß im Hals, die anderen mit dem entschlossenen Blick des Verfechters von Gerechtigkeit, des Racheengels), alle umklammerten sie das Mikro mit dem Pappband drum herum, auf dem der Name ihres Senders stand, WNBC, WGBH, WPIX, WQAD oder WRBW, jeder vor seinem Kameramann, und das Scheinwerferlicht leuchtete auf, überall dasselbe starre Lächeln in Erwartung des »4, 3, 2, 1, Sendung!«, überall dieselbe steile Sorgenfalte auf der Stirn, »hier spricht Lena Krawocky von der Austin Street 82-67, Queens, und in dem schönen Gebäude direkt hinter mir, Mowbray House, sahen vor zwei Wochen in der Nacht vom 12. auf den 13. März nach Schätzungen der Polizei achtunddreißig Personen – sie alle waren in Sicherheit und hatten es schön warm hinter ihren Fenstern – über eine halbe Stunde lang zu, wie eine achtundzwanzigjährige Frau niedergestochen wurde, niedergestochen und vergewaltigt, ohne dass einer der Zeugen in irgendeiner Weise versucht hätte, ihr zu Hilfe zu kommen.«

SPÄTER – SEHR VIEL SPÄTER, als wir schon von New York nach Sagadahoc gezogen waren, weil Guila in der Nähe von Deborah sein wollte, die gerade ihren Mann verloren hatte, und ich für meinen Teil langsam den Eindruck hatte, dass es nicht die schlechteste Art wäre, abzutreten, indem ich beim Lachsangeln im Kennebec oder Androscoggin River einen Hirnschlag oder einen Herzinfarkt erlitt –, später also behaupteten einige Leute, die Passivität der achtunddreißig Zeugen sei wohlüberlegt gewesen.

Die Mieter von Mowbray, West Virginia und dem kleinen Tudorgebäude, in dem Kitty gewohnt hatte, hatten den Mord natürlich weder in Auftrag gegeben, noch ihn provoziert, doch als es so weit war, hatten sie ihn möglicherweise indirekt gutgeheißen.

Sollte ihre Tatenlosigkeit, die zunächst als erschreckende Mischung aus Gleichgültigkeit und Feigheit interpretiert wurde, etwa gewollt gewesen sein? Um Nutzen aus dem zufälligen Auftauchen eines Mörders zu ziehen – wie man früher den Besuch des Barbiers in der Stadt nutzte, um sich den Bart stutzen und faule Zähne ziehen zu lassen, oder die Runde des Henkers, um die zum Tode Verurteilten loszuwerden, von denen das kleine Gefängnis am Ort überquoll – und Kitty für ihren, wie diese braven Bürger meinten, lockeren Lebenswandel zu bestrafen?

In den ersten Märztagen, in dem Monat, in dem Kitty umgebracht wurde, zeigte ein New Yorker Programmkino (das Charles Theatre oder das 55th Street Playhouse, ich kann mich nicht mehr erinnern und was spielt das schon für eine Rolle?) einen Kurzfilm des französischen Autors Jean Genet, *Un Chant d'Amour*.

Es war ein Stummfilm in Schwarz-Weiß, einem erstaunlichen Schwarz-Weiß, stumpf und prächtig zugleich, wie manche lasierte Gemälde, die paradoxerweise matt und fahl wirken, ein Film, der in einer knappen halben Stunde erzählt, wie es zwei Sträflingen, einem jungen Mann und einem wenig anziehenden Kerl in den Vierzigern, gelingt, im Gefängnis so etwas wie miteinander Liebe zu machen, indem sie einfach einen Strohhalm oder eine Zigarette durch ein kleines Loch in der Wand zwischen ihren Zellen hin- und herschieben.

Vor diesem 1950 gedrehten, aber kurze Zeit später von der französischen Zensur und mehr oder weniger allen anderen moralischen Instanzen der Welt verbotenen Film wurde Andy Warhols Kurzfilm (ein sehr kurzer Kurzfilm, er dauerte knapp drei Minuten) namens *Andy Warhol Films Jack Smith Filming Normal Love* gezeigt.

Es gab eine Razzia, der Besitzer und der Vorführer des Kinos wurden verhaftet, beide Filme beschlagnahmt. Guila und ich gehörten zu den wenigen Zuschauern – der Saal war ziemlich leer –, die zum Verhör auf die Wache mussten. Und wahrscheinlich wurden wir nur deswegen nicht in Handschellen abgeführt, weil es nicht genug für alle gab.

Damals reichte es aus, in irgendeiner Weise Sympathie für die homosexuelle Bewegung zu bekunden, um sich Ärger einzuhandeln. Am Times Square durfte es von Läden wimmeln, die Pornoheftchen verkauften, doch es war undenkbar, dass ein kleines, unbedeutendes Programmkino einen Film über zwei Männer – oder zwei Frauen – zeigte, die sich liebten und sich offen zu ihrer Liebe bekannten.

Guila und ich waren nicht wegen des Themas gekommen, sondern wegen der Ästhetik, wegen der Beleuchtung, kurz wegen der Kameraarbeit, zu der, obwohl es nicht im Abspann genannt wurde, Jean Cocteau beigetragen hatte, ein französischer Dichter wie Jean Genet, dessen Werke, Guila teilweise in *The Jewish Press* besprochen hatte.

Ich kann mich erinnern, dass mir im Bus des NYPD, in dem wir zur Wache gefahren wurden, eine hübsche, zierliche junge Frau auffiel, mit schwarzem Haar, dichten Brauen und einem kleinen dreieckigen Katzenmund, und ich Guila zuflüsterte: »Wohnt diese Frau nicht gegenüber von unserem Haus auf der anderen Straßenseite? Wie heißt sie doch gleich?« Und ich höre Guila noch antworten, die Frau habe tatsächlich große Ähnlichkeit mit Kitty Genovese – doch sie fügte hinzu, sie sei es vermutlich nicht, denn jemand wie sie (»Arbeitet sie nicht nachts in einer Bar?« – aber das sagte Guila natürlich nicht in einem kritischen Ton, unsere Tochter Deborah hatte ebenfalls ein ziemlich wildes Leben geführt), jemand wie sie würde sich doch wohl kaum für so anspruchsvolle Filme wie die Jean Genets oder Andy Warhols interessieren.

Jedenfalls kamen wir nicht auf die Idee, Kitty Genovese – wenn sie es überhaupt war, was wir nie herausfanden – könnte sich den Film des Themas wegen angesehen haben.

Woher hätten wir auch wissen sollen, dass sie Bars für Frauen besuchte, die andere Frauen liebten?

Das *Swing Rendezvous* in der MacDougal Street oder das *Seven Steps* in der Houston Street waren nichts Besonderes, doch sie strahlten etwas Beruhigendes aus, zum einen, weil rund um die Uhr ein riesiger, wortkarger Türsteher am Eingang postiert war, zum anderen und hauptsächlich, weil dort ständig

Mafiosi ein und aus gingen, die das *Swing*, wie neunzig Prozent aller Homobars in New York, kontrollierten.

Dort fühlte Kitty sich geborgen.

Sie lernte die bildhübsche Mary Ann im Halbdunkel des *Seven Steps* kennen, bevorzugte jedoch das *Swing Rendezvous*, das wie eine Höhle im Seitenflügel eines alten, soliden Backsteinhauses aus der Zeit der Immigration lag, ein Gebäude, das ihre Vorfahren aus der Familie Genovese bewundert haben mochten, als sie vom Schiff aus Italien herunterstiegen und sich singend in die Stadt aufmachten. Eine Höhle, in der es nach Kerzen, Erde und Wein roch.

»Ich würde dich sehr gern wiedersehen«, hatte Kitty zu Mary Ann gesagt.

»Das Problem ist, dass ich kein Telefon habe.«

Bei diesen Worten war Mary Ann rot geworden – was sich in Form eines zartrosa Hauchs auf ihren Wangen bemerkbar machte –, weil sie befürchtete, Kitty könnte ihre Antwort als Ausrede interpretieren. Doch als sie an diesem Abend nach Hause kam, fand sie eine Nachricht vor: Kitty hatte ihre Adresse herausgefunden und einen Zettel unter der Tür durchgeschoben, auf dem stand, sie werde sie um ein Uhr morgens in der Telefonzelle an der Ecke anrufen.

Sie fanden sofort zueinander, und hätte man die beiden mit einem Blumenstrauß verglichen, so wäre Mary Ann eine große weiße Blüte gewesen, eine Kamelie vielleicht. Ihre kleine, brünette Geliebte ähnelte eher einer Rosenknospe.

Die jungen Frauen teilten sich zwar eine Wohnung in Kew Gardens (ein Bett für zwei – das bereits erwähnte Schlafsofa, das Tony Corrado und sein Neffe hinaufgeschleppt hatten –, sie duschten gemeinsam, kicherten unter dem lauwarmen Wasserstrahl, man hörte sie lachen und rufen, wenn sie *Psycho* nachstellten, appetitliche Essensdüfte drangen durch ihren Türschlitz, Kitty brachte Mary Ann das Kochen bei, sie träumte davon, sie mitzunehmen, wenn sie ihr italienisches Restaurant in New Canaan eröffnete, Mary Ann war so hübsch, dass die Kunden auch ihretwegen kommen würden und nicht nur wegen der Pasta und der Polenta), doch kaum waren sie draußen, wahrten sie Distanz. Sie küssten sich nie in der Öffentlichkeit, nahmen sich nicht einmal bei der Hand, doch sooft sie konnten, gingen sie zusammen spazieren und rannten aufeinander zu, wenn sie sich trafen. Vielleicht genügte das ja, um als lesbisch angesehen zu werden.

War das der Grund, weshalb achtunddreißig ihrer Nachbarn Kitty zum Tod verurteilt hatten?

Und wenn ja, warum sie und nicht ihre Freundin?

Unsinn, dafür hätte es ja auch einen zweiten Mörder gebraucht – und nach Kittys Tod hatte sich keiner mehr blicken lassen …

Außerdem war es gar nicht nötig, Mary Ann denselben Qualen auszusetzen wie ihre Partnerin. Sie litt so schon genug.

Ihr Schmerz über Kittys Tod konnte sich mit ihrer Liebe für sie messen – er war riesengroß.

Mary Ann versank nach Kittys Tod in Einsamkeit. Normalerweise schart sich eine Randgruppe um ihre Mitglieder, wenn eines von ihnen in Schwierigkeiten gerät. Besonders bei den New Yorker Homosexuellen, unter denen Solidarität – zumindest emotionaler Natur – kein leeres Wort ist.

Doch anstatt sich um Mary Ann zu kümmern, wandten sich ihre lesbischen Freundinnen von ihr ab: Sie wurde von Journalisten belagert (zum Zeitpunkt des Prozesses verletzte der Ansturm fast schon die Regeln des Anstands) und stand unter ständigem Polizeischutz, also stellte die junge Frau eine Gefahr für die Gemeinschaft dar, deren größte Sorge es war, zu sehr aufzufallen.

Dabei gab es keinen Grund, Mary Ann zu misstrauen: Trotz des Drucks, dem sie von allen Seiten ausgesetzt war, weigerte sie sich standhaft zu reden und schwieg sich über die Art ihrer Beziehung zu Kitty aus. Je mehr man darüber wissen wollte, desto mehr wich sie aus und flüchtete sich in Schweigen. Diejenige, der niemand zu Hilfe kam, hüllte ihre Freundin in eine wortlose Stille, zum Schutz von Kittys Privatsphäre, von Kittys Ruf legte sie einen Garten der Stille an, als wäre ihre Geliebte noch am Leben.

Ein weiterer Grund für Mary Ann, nicht über Kitty zu sprechen, war, dass sie dazu Worte der Trauer hätte verwenden müssen, dass sie in der Vergangenheit von ihr hätte sprechen müssen. Und Kitty hatte es sicher nicht verdient, in eine endgültig vergangene Zeit verbannt zu werden.

Doch obwohl Mary Anns Lippen versiegelt waren, wurde Kitty Genovese zu einer Ikone.

Fromme Frauen legten ihr Foto – dasjenige, auf dem sie in ihrem weißen Batistkleid so unschuldig aussieht – zu Füßen der Jungfrau Maria in der katholischen Kirche an der Mulberry Street, in Newark und in der St. Paul's Chapel der Columbia University nieder, die Aufnahme wurde wie eine Votivtafel an den Wänden der italienischen Lebensmittelläden in der Second Avenue, in der Lexington Avenue und in der Front Street befestigt, und ihr Bild hing in unzähligen Trattorias von Little Italy über der Theke, zwischen Postkarten vom Ätna, vom Comer See oder der Brücke über den Arno.

Oberster Gerichtshof
Queens County, New York, 11. Juni 1964

»NENNEN SIE IHREN NAMEN UND IHRE ANSCHRIFT.«

»Winston Moseley, Sutter Avenue 133-19, South Ozone Park, Queens, New York.«

Ozone Park – allzu gewöhnlich, die Luft blau von Abgasen, mit einem Raster von Straßen, an denen die Wohngebiete wie dicke Quaddeln saßen – verhielt sich zu echtem Städtebau wie *Stone-washed*-Jeans zu englischem Flanell. Manche mochten es. Waren stolz darauf, dazuzugehören. Gerald Edelman zum Beispiel, der den Nobelpreis für Medizin bekam, oder Tony Modica, ehemaliger sizilianischer Pizzabäcker und Erfinder des *Pizza Dance*, »der die Tänzer genauso unzertrennlich miteinander vereint wie die Hitze im Ofen die Pizzazutaten«.

Auch Jack Kerouac hatte dort gelebt, dort überarbeitete er seine unzähligen Versionen von *Unterwegs*, am Cross Bay Boulevard gegenüber von *Glen Patrick's Pub*, er schrieb an seinem Küchentisch, stand gelegentlich auf, um ein paar Jazzakkorde auf dem alten Klavier, das seine Eltern aus Lowell, Massachusetts, mitgebracht hatten, anzuschlagen, er spielte bei offenem Fenster, sang dazu manchmal aus voller Kehle, doch so laut er auch johlte, niemand störte sich daran, weil der Lärm des Boulevards seine Stimme überdeckte, wie der Benzingeruch den Duft nach *scampi fritti*, Oregano und frischem Gebäck überlagerte.

Immobilien waren in dieser Gegend nicht allzu teuer. Moseleys Gehalt als Bürokraft, zusammen mit dem seiner Frau Elizabeth, einer Nachtschwester im Elmhurst Hospital, erlaubte es ihm, ein Haus im Wert von sechzehntausend Dollar zu kaufen.

Solche Häuser wie seines gab es zu Hunderten an der Sutter Avenue. Kleine Häuschen, meist oben auf einem Erdhügel, der von ihrem eigenen Aushub stammte, fünf oder sechs Stufen führten zur Eingangstür hinauf – manche Hausbesitzer gruben Gänge in ihren kleinen Hügel, als wäre es ein Fuchsbau, richteten dort einen Bastelkeller ein oder eine Waschküche, hüteten sich wohlweislich davor, eine Genehmigung einzuholen, führten ihre unterirdische Bautätigkeit bei Nacht und Nebel durch, und manchmal stürzte alles zusammen, nicht nur der kleine Hügel, sondern das Haus gleich mit.

Das Haus der Moseleys war grau, mit seiner Fassade aus Zink und angelaufenem Blech erinnerte es an das metallische Lächeln trauriger Teenies. Es hatte nur in Winstons und Elizabeths Augen einen Wert, denn nur sie wussten, wie weit der Weg gewesen war, um dorthin zu kommen.

Bis zu Moseleys Festnahme gingen alle achtlos daran vorbei. Doch seit die Geschichte von den Lokalnachrichten auf die Titelseite der *New York Times* gerückt war, zusammen mit Artikeln über den Civil Rights Act und das Duell zwischen Johnson und Goldwater anlässlich der Präsidentschaftswahlen im November, machten manche Fahrer der Luftfrachtgesellschaften des JFK (so hieß der internationale Flughafen seit dem 24. Dezember 1963, doch zu Moseleys Zeiten nannten ihn die meisten noch bei seinem alten Namen Idlewild, kurz Idle) mit ihren

Lastern extra einen Umweg über die Sutter Avenue, um sich das Haus anzusehen.

Ein Pressefotograf legte sich in einem alten granatroten Packard über eine Woche lang auf die Lauer, sicherlich in der Hoffnung, ein Bild von Elizabeth und ihren Kindern schießen zu können – *Die arglose Familie des Messerstechers* sollte die Bildunterschrift lauten.

Der Fotograf hatte sein Auto zweigeteilt, in der hinteren Hälfte schlief er und nahm seine Mahlzeiten ein, in der vorderen versteckte er sich mitsamt seinen Teleobjektiven. Mit einem solchen Bammel, die Gelegenheit für sein Foto zu verpassen, dass er keinen Fuß aus dem Packard setzte, sondern nur den Wagenschlag öffnete, um in den Rinnstein zu pinkeln – zu pinkeln und alles andere.

Eines Morgens, als sie aus dem Krankenhaus kam, konnte Elizabeth den Packard nicht mehr entdecken. Sie schloss daraus, dass die Presse den Fall, in den ihr Mann verwickelt war, endlich in den Innenteil der Zeitung verbannt hatte.

Sie wünschte sich, dass dichter Nebel Queens bedeckte und sie und ihren Schmerz, sie und ihre Kinder, sie und ihr Haus den Blicken entzog. Elizabeth war Winston dankbar, dass er dieses Viertel gewählt hatte, wo es wenig Geschäfte gab, nur die üblichen Tante-Emma-Läden und ein paar Wäschereien, sodass sie gezwungen war, weit weg von der Sutter Avenue einzukaufen, in einer Gegend, wo keiner sie kannte und man sie nicht mit aufdringlicher Neugier ansah, als hätte sie irgendeine seltene Krankheit.

Und tatsächlich: Seit sie erfahren hatte, welches Verbrechen Winston begangen haben sollte, fühlte sie sich wie amputiert. Als hätte sie den Teil ihrer selbst verloren, der das Übel, das ihren Mann schubweise erfasste und seinen Geist zerstörte, hätte erahnen, sie vorwarnen und sein Leiden hätte kurieren können.

Winston war lange kein so schlechter Mensch, wie all diese Leute sagten!

Er konnte sich nicht nur das Haus, sondern auch einen weißen 1960er Corvair leisten sowie fünf Rassehunde, deutsche Schäferhunde. Er war nicht reich und wollte es auch gar nicht werden, doch er hatte es ganz schön weit gebracht, bevor all das geschah. Sehr weit sogar für einen Schwarzen unter dreißig.

Er war ein so liebevoller Ehemann und Vater gewesen. Bis ein Unwetter in seinem Kopf ausbrach und alle Liebe, alle Zärtlichkeit, zu der er, wie Elizabeth wusste, fähig war, auslöschte und durch den unwiderstehlichen Trieb ersetzte, der ihn zu diesen Gräueltaten verleitet hatte.

Nicht nur die Häuser in Ozone Park waren günstig, auch Menschenleben waren nicht allzu viel wert: Das Risiko, überfallen zu werden, war dort doppelt so hoch wie an jedem anderen Ort in den Vereinigten Staaten, die Gefahr, beraubt zu werden, war knapp dreimal höher als der Landesdurchschnitt und die Wahrscheinlichkeit, ermordet zu werden, etwa anderthalbmal so hoch.

Nur versuchte Vergewaltigungen gab es weniger als im Landesdurchschnitt.

Was vielleicht daran lag, dass Ozone Park immer schon Mafiafamilien angezogen hatte, vor allem solche aus dem Mittelmeerraum wie die Gambinos, die Colombos, die Bonannos. Und Mafiosi haben eine fast schon genetisch bedingte Abneigung gegen Triebtaten. So etwas macht man in ihren Kreisen einfach nicht.

Doch Winston Moseley hatte nie etwas mit der Mafia zu tun gehabt. Und die organisierte Kriminalität hatte sich nie für ihn interessiert.

»Wie alt sind Sie?«

»Neunundzwanzig Jahre.«

»Sind Sie verheiratet?«

»Ja.«

»Haben Sie Kinder?«

»Zwei.«

»Wissen Sie, wer ich bin?«

»Ja.«

»Sie wissen, dass ich der Bezirksstaatsanwalt von Queens County bin?«

»Ja.«

»Was für einen Schulabschluss haben Sie?«

»Ich habe die Highschool besucht.«

»Welche?«

»Chadsey. In Detroit.«

»Seit wann leben Sie in der Stadt oder im Bundesstaat New York?«

»Ich lebe seit zehn Jahren wieder in New York. Hier wurde ich geboren, in Harlem, im Harlem Hospital.«

»In welchem Jahr haben Sie geheiratet?«

»Das erste Mal 1954. Dann habe ich mich scheiden lassen und im Januar 1960 wieder geheiratet.«

Im selben Jahr war der weiße Corvair, sein Jagdauto, bei Chevrolet vom Fließband gerollt. Der Wagen, an dessen Steuer Moseley nachts nach einem geeigneten Opfer suchte und es verfolgte, wenn er es gefunden hatte. Eine Frau, die keinen

Widerstand leisten würde. Er mochte es nicht, wenn seine Opfer sich wehrten. Er mochte keine lebenden Opfer, er mochte es nicht einmal, wenn sie im Sterben lagen. Im Gegensatz zu vielen anderen Mördern erregte es ihn überhaupt nicht, zu spüren, wie menschliches Leben sich unter seinen Fingern verflüchtigte und dann erlosch.

Was ihn in hohem Maß erregte, waren tote Opfer.

Er hatte es manches Mal bedauert, sich den weißen Wagen gekauft zu haben. Der Corvair hatte ein Design – kompakter, rassiger, weniger mit Chrom überladen als viele andere amerikanische Wagen –, dass nicht unbemerkt blieb. Es war also nicht das richtige Modell für einen Mörder.

Und dass er weiß war, hatte alles nur schlimmer gemacht. Weiß mochte im Schnee eine gute Tarnung sein, aber nicht nachts. Alle Untersuchungen liefen auf dasselbe hinaus: Wenn ein weißer Wagen zusammen mit fünfzig anderen in allen erdenklichen Farben, von Sonnengelb über Leuchtendblau bis hin zum Rot italienischer Rennautos, auf einem Parkplatz steht, ist es immer das weiße Auto, das den Testpersonen als Erstes ins Auge sticht.

Zum Glück gab es Nächte, in denen Schnee fiel.

In der Nacht von Annie Mae Johnson fiel jede Menge Schnee. Etwa dreißig Zentimeter zusätzlich zu dem, der ohnehin schon lag. Darum wagte es Winston Moseley, seinen Corvair dicht bei der Wohnung der jungen Frau zu parken – einem Haus, das seinem eigenen ähnelte und dessen Dach kaum steil genug war, dass der Schnee in dicken, schlaffen Klumpen herunterrutschte.

Seine einzige Sorge war, dass die Leute, wenn Schnee fällt,

geneigt sind, oft nach draußen zu schauen, um nachzusehen, ob es immer noch schneit, wie hoch der Schnee inzwischen liegt, oder einfach um sich daran zu erfreuen, dass Schnee selbst die tristeste Straße verzaubert.

Doch so tief in der Nacht würden die Nachbarn von Annie Mae – deren Namen er noch nicht kannte – sicher schlafen.

Annie Mae parkte vor ihrem Haus. Sie brauchte nur über den Bürgersteig zu gehen, um zur Eingangstür zu kommen, doch zuerst musste sie ihren Schlüssel ganz unten in ihrer Tasche finden, und sie verlor etwas Zeit bei der Suche. Währenddessen konnte Moseley den Zündschlüssel des Corvair herumdrehen, die Scheinwerfer ausschalten, die Tür leise öffnen und zu ihr gehen. Er war gespannt, wie sie wohl aussah. Als er sich mit seinem Corvair an Annie Mae herangehängt hatte, konnte er kaum etwas erkennen. Sie war nur ein dunkler Schemen hinter dem Lenker gewesen. Doch davon hatte Moseley sich nicht beirren lassen – er war nicht einer dieser Verrückten, die sich in Fantasien über eine ganz bestimmte Art von Frauen ergehen und monate- oder gar jahrelang nach dem perfekten Opfer suchen.

Moseley war ein echtes Raubtier, er tötete alles, was genießbar war, in seinem Fall also Frauen, ohne sich darum zu kümmern, ob sie hübsch oder hässlich waren. Ein Raubtier, das die Wahl hat zwischen einem jungen, noch unbeholfenen Gnu und einer Gazelle, die über die Savanne dahinfliegt, wird nicht unbedingt die Gazelle wählen, nur weil sie anmutiger ist: Es geht ihm um die Menge an Fleisch und darum, dass es ohne großen Aufwand zu beschaffen ist.

Sie sah ihn zwar nicht kommen (Moseley näherte sich von hinten, in ihrem Rücken, seine übliche Taktik, aber Annie Mae konnte natürlich nicht wissen, wie er üblicherweise Frauen überfiel), doch sie hörte Schritte im Schnee knirschen.

Das trieb sie allerdings nicht zur Eile an – er hätte sie ja sowieso eingeholt, bevor sie zur Tür hereingegangen war. Und sie hatte auch nicht vor zu fliehen, zeigte keinerlei Anzeichen von Panik, als Moseley Geld von ihr forderte.

Dabei sah sie die Pistole, die er in der Hand hielt. Doch für Annie Mae waren Raubüberfälle logischerweise untrennbar mit der Androhung von Waffengewalt verbunden. Das gehörte dazu wie der Bohrer zum Zahnarzt. Hätte sie sonst ihr Geld einem Unbekannten gegeben, wenn er nicht den Lauf einer Pistole auf sie gerichtet hätte? Natürlich nicht!

Andererseits rechnete sie auch nicht damit, dass der Angreifer auf sie schießen könnte. Streng genommen war es gar kein Angriff, weil er sie nicht berührte, sondern in einem gewissen Abstand stehen blieb; sie hätte nicht einmal sagen können, ob er Mundgeruch hatte oder nicht. Sie war der festen Überzeugung, dass alle Übeltäter eine Bier- und Zwiebelfahne hatten. Im Kino sank Annie Mae immer automatisch tiefer in ihren Sitz und wandte sich von der Leinwand ab, wenn der Filmbösewicht anfing, direkt vor der Nase seiner Partnerin zu schimpfen – um seinem schlechten Atem auszuweichen. Dabei roch sie dann manchmal (und bei dem Gedanken daran musste sie lächeln, weil es ihr erst am Abend zuvor passiert war) den Atem ihres Sitznachbarn, was nicht immer besser war.

Sie tat, was Moseley forderte, und gab ihm alle Dollars, die sie in ihrer Tasche hatte. Sie blieb vollkommen ruhig, provozierte ihn nicht, sah ihn nicht feindselig an, sie wollte das Ganze nur so schnell wie möglich hinter sich bringen.

Da feuerte er.

Zwei Kugeln trafen sie in den Magen.

Es tat nicht besonders weh, jedenfalls viel weniger, als sie gedacht haben würde, wenn ihr jemand am selben Morgen angekündigt hätte, dass am Ende des Tages und sicher auch ihres Lebens zwei Kugeln in ihrem Körper stecken würden.

Die Wucht der Schüsse warf sie mit solcher Gewalt zurück, dass sie das Gefühl hatte, abzuheben, doch sie fand sich auf dem Boden im Schnee sitzend wieder.

Ihre Handtasche umklammerte sie noch immer.

Sie wusste gleich, dass er erneut schießen würde. Es gab keine Alternative, weder für sie noch für ihn. Sie hatte sein Gesicht gesehen, er hatte sich keine Strumpfhose über das Gesicht gezogen, trug keine Kapuzenmütze, keine Karnevalsmaske, nicht einmal eine Sonnenbrille. Wenn sie ihn je wiedersah – zufällig oder bei einer Gegenüberstellung bei der Polizei –, würde sie ihn garantiert erkennen. Und das wusste er.

Als er den Abzug drückte, zitterte die Pistole leicht in seiner Hand, und nach dem zweiten Schuss blieb der Lauf zum Himmel gerichtet, eine zarte Rauchfahne stieg in Schlangenlinien daraus auf, als wollte der Rauch sich einen Weg zwischen den Schneeflocken hindurch bahnen, die erneut fielen, dann senkte er die Waffe langsam in Richtung ihrer Brust.

Aber er schoss nicht. Er sah verwirrt aus. Vielleicht, weil sie auf eine solch idiotische Weise gefallen war, dachte sie. Wahrscheinlich hatte er damit gerechnet, dass sie auf dem Rücken landete, mit ausgebreiteten Armen, und er sich nur über sie zu stellen brauchte, die Füße rechts und links von ihr, um ihr von oben den Gnadenschuss zu verpassen.

So hingegen fand er sie bestimmt lächerlich, mit ihrem Hintern im Schnee.

Er war kein gewöhnlicher Straßenräuber, sonst wäre er

schon über alle Berge gewesen, hätte sich längst mit ihren Dollars aus dem Staub gemacht. Er musste gekommen sein, um etwas Brutales, Gewaltsames, Entsetzliches zu tun. Also würde er sich sicher nicht mit dem drolligen Anblick eines Mädchens begnügen, dessen Blut sich in den Schnee ergoss, während es sich den Hintern abfror.

Trotz der Erstarrung, in die sie allmählich fiel, trotz des Summens in ihren Ohren und dem Geschmack von kaltem Metall in ihrem Mund hatte sie ihre Stimme in der Gewalt. Sie wollte keine Feindseligkeit, keinen Groll und vor allem keine Panik durchklingen lassen, weil sie wusste, dass manche Mörder sich von der panischen Angst ihrer Opfer aufstacheln ließen; sie sagten, sie habe einen erregenden Geruch.

Annie Mae redete so, als säße sie nicht gerade in dem eisigen Schnee, der unter ihrem Po schmolz, sondern gemütlich auf ihrem Wohnzimmersofa:

»Bitte, tragen Sie mich ins Haus!«

Er runzelte die Stirn, schien sich zu wundern, dass sie noch sprechen konnte. Ehrlich gesagt wunderte sie sich selbst darüber.

»Tragen Sie mich ins Haus«, wiederholte sie. »Hier draußen ist es so kalt.«

Der eisige Wind, der von der Jamaica Bay herüberpfiff, wurde von einer Sekunde zur nächsten stärker, das Schneegestöber jagte nun fast waagrecht durch die Luft. Die Flocken waren nicht mehr weich wie Daunen, sie hatten sich in Graupel verwandelt, in eisige Hagelkörnchen, die auf die geparkten Autos niedergingen.

Da der Mann nicht reagierte, gab Annie Mae ihm den Schlüsselbund.

»Ist jemand zu Hause?«, fragte Moseley und sah misstrauisch in die Richtung ihrer Wohnung.

»Niemand.«

»Das werden wir ja sehen.«

O nein, dachte sie, bitte nicht, er soll nur aufmachen, mich reinbringen, aber bloß nicht das Haus durchsuchen – was, wenn er nach oben geht und »sie« findet?

Aber vielleicht würde er sich damit begnügen, das Erdgeschoss zu durchsuchen. Er konnte sich nicht erlauben, sie allzu lang auf dem Bürgersteig allein zu lassen, bereit zu schreien, sobald ein Auto vorbeifuhr.

»Niemand«, wiederholte sie, »ich schwöre es Ihnen.«

Er drehte ihr schon den Rücken zu, sie hörte ihn den richtigen Schlüssel suchen.

Dann sah sie ein Licht nach dem anderen angehen. Das vor der Haustür, das im Windfang, gefolgt von den Wandleuchten im Treppenhaus. Er ging in den ersten Stock.

Er blieb nicht lange weg. Höchstens zwei oder drei Minuten. Kein einziges Auto fuhr in der Zeit vorbei.

Annie Mae versuchte sich aufzurichten. Wenn sie das schaffte, würde sie vielleicht bis zur Haustür gelangen. Und dann würde sie notfalls auf allen vieren die Treppe hinaufkriechen und sich oben etwas einfallen lassen, damit er denen, die im ersten Stock schliefen, nichts tat.

Doch sie konnte sich nicht einmal aufrichten. Ob die Kugeln sich in ihrem Körper verirrt und das Rückenmark durchtrennt hatten? Sie schob ihre Jacke beiseite, um sich die Wunden anzusehen. Zwei saubere Einschusslöcher, nicht besonders beeindruckend. Doch sie wusste, dass die schlimmsten Verletzungen immer auf der Austrittsseite lagen.

Sie spürte lauwarmes, klebriges Blut über ihren Rücken rinnen und ihre Bluse durchtränken. Sein Geruch erinnerte sie an den von Erbrochenem. Sie fragte sich, ob die Kugeln möglicherweise einen Teil ihres Mageninhalts mitgerissen hatten, der nun über ihren Rücken rann. Sie konnte sich nicht erinnern, je von so etwas gehört zu haben. Aber vielleicht hatte sie nur nicht aufgepasst, weil sie nicht auf die Idee gekommen war, dass ihr selbst jemals so etwas Grauenhaftes geschehen könnte.

»Empfinden Sie Reue oder Mitleid, wenn Sie an Annie Mae Johnson denken?«

»Nein.«

»In der Zeitung, die Sie sicher gelesen haben, stand doch, dass sie Kinder hatte?«

»Das macht keinen Unterschied.«

Er wusste, dass sie Kinder hatte, sobald er den Türknauf herumdrehte und das Haus betrat. Häuser, in denen Kinder wohnen, sind durchtränkt von einem besonderen Geruch. Es riecht darin nach Stoff, Baumwolle – eine Mischung aus feuchten Laken und schmutziger Unterwäsche, dem Geruch nach klammer Wäsche und Bügeleisen. Und im Winter kamen fast immer die Ausdünstungen von Mitteln gegen Halsschmerzen (Eukalyptus) und eine verstopfte Nase (Teebaum-Öl) hinzu; all das roch ziemlich herb, es ist ein Irrtum zu glauben, Kinder seien süß – sie sind salzig, alle Flüssigkeiten, die sie ausscheiden, sind salzig: ihre Tränen, ihr Urin, ihr Schweiß, wenn sie fiebern.

Moseley hatte selbst Kinder, also wusste er gleich, was ihn im oberen Stock erwartete.

Sein eigenes Haus mit den abgewetzten Möbeln, mit den unvermeidlichen Scheußlichkeiten, die hier und da herumlagen oder -hingen, war zwar lange nicht so schön wie das von Annie Mae, doch vom Schnitt her glichen sie einander aufs Haar: zwei Zimmer und eine Küche im Erdgeschoss, zwei oder drei Schlafzimmer sowie ein Bad im Obergeschoss. Und die Treppe dazwischen. Die Treppe, die nie als echtes Zimmer mitgezählt wird, obwohl sie die Lebensader des Hauses ist, eine Verbindung oder eine Abgrenzung, je nachdem.

Hier war sie eine Grenze. Zumindest empfand Moseley sie also solche. Eine Grenze, die diese im Schnee zusammengebrochene Frau (Schnee, der um sie herum immer röter wurde, ein Rot, das zum Braun tendierte und von Braun zu Schwarz) ihn nicht überschreiten lassen wollte.

Weil da oben jemand war. Mit Sicherheit ihre Kinder.

Er stellte sich vor, wie die Frau unten im Schnee angestrengt die Ohren spitzte, verrückt vor Angst, weil sie sich fragte, was er tun würde. Sie nahm es sich bestimmt übel, dass sie ihn gebeten hatte, sie ins Haus zu bringen. Hätte sie geschwiegen, wäre er vielleicht noch bei ihr und würde zusehen, wie sie verblutete. Sie hätte versuchen können, ihn zu vergessen, um sich auf den Tod zu konzentrieren, der sie übermannte. Ohnehin hätte sie bald nichts mehr sehen können, also auch ihn nicht. Doch stattdessen hatte sie ihn ermuntert hineinzugehen, hatte ihm sogar ihre Schlüssel gegeben, damit er die Tür öffnen konnte. Das muss sie bitter bereuen, dachte Moseley.

Er kehrte zu ihr zurück und schimpfte, dass sie ihn angelogen habe: Es sei jemand im oberen Stock.

Sie rollte die Augen wie irr, riss den Mund weit auf, als wollte sie schreien, doch es kam nur etwas blutiger Schaum heraus.

Sie würde in panischer Angst sterben, dachte er, in der festen Überzeugung, dass er ihren Kindern etwas angetan hatte. Ein Wort von ihm würde genügen, um sie zu beruhigen. Aber es war ein Glück für sie, wenn sie auf diese Weise aus dem Leben schied, fand er. Derart damit beschäftigt, was er ihren Kindern angetan haben mochte, dass sie nicht an sich selbst dachte und sogar ihr Seelenheil vergaß – kein einziges Mal hatte sie den Namen des Herrn ausgesprochen oder sich bekreuzigt.

Also schwieg Moseley weiter und feuerte erneut auf sie ab, vier Schüsse hintereinander.

Diesmal warfen die Geschosse sie um. Endlich fiel sie auf den Rücken, der Schnee, in dem sie lag, dampfte von dem heißen Blut.

Er hob sie hoch, nahm sie in die Arme und trug sie ins Haus wie ein schlafendes Kind. Nicht, weil sie ihn vorhin angefleht hatte – was spielte das noch für eine Rolle, da sie ohnehin tot war? –, sondern weil er sein Vorhaben in die Tat umsetzen wollte und seine Lust in ihrem behaglichen geheizten Wohnzimmer leichter befriedigen konnte.

Er trug sie zum Sofa, zog sie aus und legte sich auf sie.

Doch sosehr er sich auch abmühte und sich an ihrem nackten Bauch rieb, er bekam keine Erektion. Das hatte nichts mit fehlender Erregung zu tun: Als sie ihm das Geld gegeben hatte, konnte er endlich ihr Gesicht sehen und bemerkte, dass sie schwarz war und dazu ganz sein Typ.

Er ließ sich an Annie Mae hinuntergleiten, bis sein Gesicht zwischen ihren Schenkeln ruhte, die Stirn im krausen Schamhaar, das leise raschelte. Im Sterben hatte sie etwas Urin verloren, und er trocknete sie geduldig ab. Als sie sauber und trocken war, leckte er sie. Er konnte nur noch auf diese Weise mit Frauen schlafen. Er kam zum Höhepunkt.

Dann war es vorbei, er hatte hier nichts mehr zu suchen.

Bevor er ging, legte er Feuer im Haus. Er bedeckte Annie Maes Genitalien mit einem hübschen Halstuch und zündete es an. Er hatte angenommen, dass die strohigen Schamhaare sofort brennen würden, doch sie waren zu feucht von seinem Speichel.

Er legte noch an zwei anderen Stellen im Wohnzimmer Feuer, dann fuhr er nach Hause zurück.

Das alles spielte sich Ende Februar 1964 ab, also zwei Wochen vor dem Mord an Catherine Kitty Genovese.

Oberster Gerichtshof
Queens County, New York, 11. Juni 1964

»WENN SIE DAS VORHER GEWUSST HÄTTEN – dass Annie Mae Kinder hat, meine ich –, hätten Sie sie dann auch getötet?«

»Ich weiß nicht.«

»Ich möchte sichergehen«, sagte Richter Irwin Shapiro, »dass ich Sie richtig verstanden habe, Mr Moseley. Es sind Zeugen gekommen, an diesen Gerichtshof, um uns zu erzählen, wie sehr Sie Kinder lieben.«

»Ja, ja, ich mag Kinder.«

»Dann möchte ich meine Frage wiederholen: Wenn Sie gewusst hätten, dass Annie Mae Johnson noch sehr kleine Kinder hat, hätte es Sie dann davon abgehalten, sie zu töten?«

»Ich weiß nicht.«

»Sie können fortfahren, Mr Sparrow.«

Sidney G. Sparrow war Winston Moseleys Verteidiger. Fürs Erste war er zufrieden mit seinem Mandanten. Die Widersprüche, in die er sich verstrickte, oder besser gesagt seine Ausrutscher, kamen seiner Strategie entgegen – der einzigen, bei der Moseley noch auf etwas anderes als die Todesstrafe hoffen konnte: Sparrow wollte das Gesetz aushebeln und die Geschworenen entwaffnen, indem er den Mörder als einen Geisteskranken, als schizophren hinstellte.

»Würden Sie uns sagen, was passiert ist, nachdem Sie Ms. Johnson getötet haben, Mr Moseley?«

»In dieser Nacht?«

»In dieser Nacht und an den folgenden Tagen.«

»Ich bin nach Hause gefahren. Am nächsten Tag bin ich zur Arbeit gegangen.«

»Als wäre nichts geschehen?«

»Das stimmt, ja.«

»Sind Sie nach jedem Mord am nächsten Tag wieder zur Arbeit gegangen?«

»Ja. Ich habe immer gearbeitet.«

»Haben Sie dabei daran gedacht, was in der Nacht zuvor passiert war?«

»Eigentlich nicht, nein.«

»Hat Sie das nicht beschäftigt?«

»Nicht besonders, nein.«

»Und was das andere Mädchen angeht, das Sie laut eigener Aussage im Juli 1963 getötet haben – haben Sie da die Zeitung gelesen?«

»Ja.«

»Sie haben die Schilderung des Verbrechens in der Zeitung gelesen?«

»Ja.«

»Den Namen des Opfers haben Sie also auch aus der Zeitung erfahren?«

»Ja. Sie hieß Barbara, Barbara Kralik.«

»Wurde ihr Alter in dem Artikel erwähnt?«

»Ja, fünfzehn Jahre.«

»Als Sie lasen, dass sie erst fünfzehn war, ist Ihnen da klar geworden, wie jung sie war, als Sie …«

»Nein«, unterbrach ihn Moseley, »ich hatte damals keine Ahnung, dass sie so jung war. Und es war mir auch nicht aufgefallen, dass sie weiß war.«

Man hätte Moseley für den Angestellten einer Luftfahrtgesellschaft halten können. Nicht für jemanden vom Flugpersonal, er war nicht so hochgewachsen, wie man es damals noch sein musste, um eingestellt zu werden. Aber er hätte Schalterangestellter sein können oder Lagerist einer der Cateringfirmen, die die Flugzeuge mit Mahlzeiten beliefern. Wegen der Nähe zum Flughafen wohnten im Süden von Queens viele, die etwas mit Luftfahrt zu tun hatten, vor allem viel Bodenpersonal, FBOS, *fixed base operators*. Menschen aus aller Herren Länder, viele von ihnen sprachen nur schlecht Englisch, bei einigen war die Aufenthaltserlaubnis abgelaufen, sie vertrauten paradoxerweise darauf, dass sie den Zollbeamten wegen der großen Betriebsamkeit und des bunten Völkergemischs am Flughafen weniger auffallen würden als woanders. Das Antilopen-Syndrom – sich in unmittelbarer Nähe des Löwen zu riesigen Herden zusammenzurotten, sodass die einzelnen Tiere sich einbilden können, die Wahrscheinlichkeit, dem Raubtier als Nächstes zum Opfer zu fallen, sei umso geringer, je größer die Herde ist. Außer dass Moseley auf der Seite der Raubtiere stand.

»Sie sind Bürokraft, nicht wahr?«

»Ich arbeite an einer Remington Rand.«

Er durchlöchert Frauen, wie er die Lochkarten seiner Maschine perforiert, dachte einer der Geschworenen und bedauerte, dass es verboten war, sich Notizen zu machen, weil er ganz stolz war auf seinen Einfall und fürchtete, dass er ihn wieder vergessen hatte, wenn er sich endlich mit den elf anderen zur Beratung zurückziehen konnte.

»Für welche Firma?«

»Die Raygram Corporation, Mount Vernon, New York.«

»Wie lange schon?«

»In diesem Monat werden es zehn Jahre.«

Seinem Chef zufolge war Moseley ein vorbildlicher Angestellter, fleißig, pünktlich, ordentlich. Sein Arbeitgeber hatte ihn manchmal gebeten, seine achtzehnjährige Tochter nach Hause zu begleiten, doch sein Angestellter hatte sich ihr gegenüber nie irgendwelche Freiheiten herausgenommen.

Um pünktlich an seiner Maschine zu sitzen, musste Moseley im Morgengrauen aufstehen und eine viel befahrene Strecke von etwa zwanzig Meilen hinter sich bringen, also bis zu anderthalb Stunden am Steuer sitzen. Genau die Länge eines Films. Die Bilder von New York hinter der Windschutzscheibe des Corvair wie auf der Leinwand im Breitwandkino, mit der idealen Filmmusik aus dem Autoradio: *Moon River*, der sentimentale Song aus *Frühstück bei Tiffany*, dem Film des Jahres. Wie der Strahl eines Vorführgerätes drangen die Scheinwerfer des Corvair durch den Nieselregen über der Bronx-Whitestone Bridge, und er sah blasse, im Rhythmus des vernarbten Asphalts auf und ab hüpfende, von dunklen Augen punktierte Gesichter vorbeiziehen, Prozessionsraupen auf dem Weg zu den ungewissen Metamorphosen eines Arbeitstages.

Wie viele dieser Larven, fragte er sich, würden heute Abend nicht nach Hause zurückkehren, weil sie in der Zwischenzeit einem Herzinfarkt, einem Schlaganfall, dem Absturz eines Fahrstuhls, einer Lebensmittelvergiftung, einem Racheakt erlegen waren? Das waren keine morbiden Gedanken, er wusste, *wie alle Welt*, dass jeden Tag eine gewisse Anzahl von New

Yorkern starb, also überlegte er, an wie vielen dieser anstehenden Toten er gerade vorbeigekommen war. Reine Neugier eines Lochkartentechnikers.

Für den Gerichtstermin hatte Winston Moseley ein tadellos gebügeltes weißes Hemd gewählt, mit kurzen Ärmeln, weil es dieses Jahr schon Anfang Juni so aussah, als würden alle Hitzerekorde gesprengt werden – im Central Park waren siebenunddreißig Grad im Schatten gemessen worden.

Er konnte sich gut ausdrücken, antwortete mit klarer Stimme, artikulierte deutlich, trat selbstsicher auf, ohne ein einziges Mal zu stottern oder sich zu korrigieren.

Warum auch? Lügner sind es, die vor Gericht die Fassung verlieren, diejenigen, die etwas zu verbergen haben. Das war bei Winston Moseley nicht der Fall: Er gab alles offen zu. Und zwar nicht wie solch ein armer Kerl, der es satthatte zu leugnen und sich nun geschlagen gab, sondern wie jemand, der Verantwortung für seine Taten übernahm und der gar nicht wüsste, wieso er nicht zu den Dingen stehen sollte, die man ihm vorwarf.

Ebenso wie zu den Verbrechen, die er von selbst zugab, ohne dass man ihn dazu befragt hätte.

Dieser Mord zum Beispiel, den er im Juli vergangenen Jahres an Barbara Kralik, einer fünfzehnjährigen Jugendlichen, verübt zu haben behauptete. Moseleys Geständnis kam der Polizei gar nicht gelegen. Sie war überzeugt, Barbaras Mörder gefasst zu haben, einen gewissen Alvin Mitchell, achtzehn Jahre alt, Mitglied einer Gangsterbande in Queens, der den Mord gestanden hatte, ohne dass man ihn allzu sehr unter Druck hätte setzen müssen. Der ideale Schuldige, dieser Mitchell, wenn er sich nur an die Umstände des Mordes erinnert hätte, doch er verhaspelte sich bei seinen Aussagen und widersprach sich andauernd selbst. Moseley hingegen konnte sich an alles haargenau erinnern. Er erzählte seinem Verteidiger unveröffentlichte Details, die nur Barbaras Mörder kennen konnte.

Warum sollte er auch lügen, was Barbaras Tod anging, wenn er bereits die Wahrheit über den von Annie Mae gesagt hatte?

Dabei brachte diese Wahrheit die Polizei in große Verlegenheit. Bei seiner Verhaftung hatte Moseley gestanden, er habe sechs Mal auf Annie Mae geschossen, doch die erste Obduktion des Opfers hatte ergeben, dass Schläge mit einem Werkzeug wie einer Feile oder einem großen Schraubenzieher zum Tod geführt hatten. »Falsch!«, widersprach Moseley. »Ihr Rechtsmediziner ist entweder blind oder ein Vollidiot, wenn er Schusswunden mit Verletzungen, die mit einem Schraubenzieher zugefügt wurden, verwechselt. Ich weiß doch, dass ich eine Pistole verwendet habe.«

Was er im Übrigen bedauert hatte, denn die Schüsse hätten die Nachbarn alarmieren können. Doch offenbar dämpfte der Schnee die Geräusche, denn nirgendwo in der Straße ging ein Licht an.

Moseleys Aussage verwirrte den Coroner ziemlich, und er ordnete Annie Maes Exhumierung an. Eine Röntgenaufnahme der Leiche ergab, dass seltsamerweise Kugeln in den Körper der jungen Frau eingedrungen, aber nicht wieder ausgetreten waren.

Moseley war ein Mörder, kein Lügner.

Da jedoch der Fall Alvin Mitchell bald vor Gericht verhandelt werden sollte, schien alle Welt es vorzuziehen, Moseleys Aussage nicht an die große Glocke zu hängen. Abgesehen davon ging es im Augenblick weder darum, ihn wegen der

Ermordung Barbara Kraliks, noch darum, ihn wegen der Ermordung Annie Mae Johnsons zu verurteilen.

Allerdings sollte seine Beschreibung des Mordes an der Jugendlichen und ihres entsetzlichen Todeskampfes im elterlichen Haus in Springfield Gardens dazu dienen, seinen Modus Operandi besser zu begreifen.

Moseley behauptete, nachdem er sein Haus verlassen habe, sei er in die Liberty Avenue eingebogen und am Acacia Cemetery vorbeigefahren. Die schwarzen Umrisse der Kirschbäume zeichneten sich über der Friedhofsmauer ab, und die Bäume winkten mit den Ästen wie Gefangene hinter einem Stacheldrahtzaun, die verzweifelt versuchen, die Aufmerksamkeit derer auf sich zu ziehen, die in Freiheit sind. Moseley fasste es nicht als böses Omen auf. Er kam nicht auf die Idee, dass er verhaftet werden könnte. Wenn er auf die Jagd ging, waren all seine Sinne darauf gerichtet, sein Verlangen zu befriedigen, in seinem Kopf wurde ein Mechanismus aktiviert, durch den er jeden anderen Gedanken von vornherein ausschloss. Und so begnügte er sich anfangs damit, Frauen zu vergewaltigen, und wehrte sich lange Zeit gegen die Vorstellung, dass es intensivere Erfahrungen geben könnte. Dann war irgendwann der Damm gebrochen, vermutlich als eines seiner Opfer mit verdrehten Augen, offenem Mund und einem langen, etwas abstoßenden Röcheln in Ohnmacht gefallen und in seinen Armen erschlafft war. Da drängte der Tod sich ihm auf.

Durch die heruntergekurbelten Scheiben des Corvair drang der süßliche Geruch des Mülls ins Auto, den die Leute über die Mauer warfen, weil sie annahmen, der Friedhof werde nicht mehr genutzt – den Eindruck erweckte er allerdings tatsächlich, mit seinen umgestürzten Grabsteinen, den unter wild wucherndem Grün erstickten Gräbern und den Mausoleen, deren Scheiben entweder zerbrochen oder schwarz überpinselt waren, um Grabschänder daran zu hindern, hineinzuschauen, damit sie gar nicht erst in die Versuchung kamen, den Grabschmuck zu stehlen.

Der Geruch des Mülls, der sich an der feuchten, stickigen Luft zersetzte, erinnerte an den Geruch verwesender Leichen.

Später, gegen drei Uhr morgens, fuhr Moseley im Schritttempo durch die von Einfamilienhäusern gesäumten Straßen von Springfield Gardens. Die Häuser waren kaum größer als sein eigenes, aber weit vornehmer, die meisten von ihnen mit Holzschindeln in raffinierten Farbtönen gedeckt, die Moseley nicht immer exakt hätte benennen können, und von einem hübschen, so perfekt gestutzten Rasen umgeben, als würde er mit der Nagelschere geschnitten. Man konnte sehen, dass Springfield Gardens an die vornehmen Gegenden von St. Albans und Laurelton grenzte.

Winston Moseley sagte aus, er habe sich alle Häuser genau angesehen und wenn nötig den Lenker eingeschlagen, um das Scheinwerferlicht genau darauf auszurichten.

Selbst nachdem er die Häuser mit Hundehütte ausgeschieden hatte und die, an deren Fassade auf den ersten Blick eine Alarmanlage zu erkennen war, sei es nicht leicht gewesen, einzuschätzen, welche potenziellen Gefahren ihm in einem Haus drohten. Waren alle Bewohner fest eingeschlafen, oder trieb sich einer von ihnen noch irgendwo hinten im Arbeitszimmer oder in der Küche herum, wo das Licht von der Straße aus kaum zu sehen war?

Nach rund fünfzig erfolgreich verlaufenen Einbrüchen hatte Moseley natürlich eine Art sechsten Sinn entwickelt.

Doch in jener Nacht hatte er nicht vor, ein Haus zu plündern. Er war losgezogen, um zu morden.

Also musste er in erster Linie ein Opfer finden. Ob eine Frau im Haus wohnte, ließ sich daraus ableiten, wie groß und gepflegt die Blumenrabatten, wie verspielt die Vorhänge waren, am Spielzeug auf dem Rasen, an der Größe und dem Modell des Autos in der Zufahrt sowie aus der Tatsache, dass es eine Wäscheleine gab – die Wäscheleine war das sicherste Indiz, doch um festzustellen, ob dort eine hing, musste man einen Blick hinters Haus werfen, was nur dann möglich war, wenn die Häuser weit genug voneinander entfernt standen.

Moseley fand schließlich ein Haus, das die gewünschten Kriterien erfüllte. Er parkte den Corvair auf der gegenüberliegenden Straßenseite und ließ den Motor im Leerlauf weiterlaufen. Dann kurbelte er das Fenster herunter und sog die Nachtluft ein, um die Gerüche, die vom Haus her kamen, zu analysieren. Ihm stieg kein gefährlicher Kaffeeduft in die Nase, der auf jemanden hingewiesen hätte, der an Schlaflosigkeit litt. Nur der Geruch von frisch gemähtem Rasen.

Er blieb einige Minuten stehen und beobachtete sein Ziel. Ein Fenster war, bestimmt der Wärme wegen, einen Spaltbreit hochgeschoben. In einem Zimmer hustete jemand. Eine Frau mit heller Stimme oder vielleicht ein junges Mädchen.

Die Jalousie beiseitezuschieben war ein Kinderspiel für Moseley. Er brauchte sich kaum anzustrengen, um ins Haus zu gelangen. Er hielt ein Messer in der Hand – ein Schlachtermesser mit gezackter Schneide, präzisierte er, das er von zu Hause mitgenommen hatte.

Im Zwielicht und wegen der Stellung, in der Barbara schlief, sagte Moseley aus, habe er nicht gleich erkannt, wie jung sie war. Und als er es schließlich merkte, sei es zu spät gewesen: Der Drang zu morden war zu stark geworden, unwiderstehlich.

»Ich habe sie lange angesehen, dann habe ich ihr das Messer in den Leib gestoßen. Aber sie wand sich derart, dass die Klinge gleich wieder herauskam. Da habe ich ihr den Mund zugehalten und immer wieder auf sie eingestochen. Ich bekam große Lust, sie zu vergewaltigen, aber ich hörte Lärm im Haus, also musste ich fliehen.«

»Tut es Ihnen heute, ein Jahr nach der Tragödie, leid, was mit Barbara Kralik geschehen ist?«

»Nein.«

»Empfinden Sie – wie soll ich sagen? – eine Art Mitleid für sie?«

»Nein.«

»Warum haben Sie noch vier Kugeln in Annie Mae Johnsons Rücken abgefeuert, nachdem Sie ihr schon zweimal in den Bauch geschossen hatten?«

»Um sicherzugehen, dass sie tot ist.«

»Und warum haben Sie so oft auf Barbara Kralik eingestochen?«

»Weil ich sie töten wollte. Nur einmal zuzustechen hätte nicht ausgereicht.«

GUILA TRUG IHR »GESTÄRKTES«, wie wir es nannten, ein knitterfreies Kleid in einem vornehmen Blau, das sie zu Hochzeiten und Bar-Mizwa-Feiern anzog (natürlich besaß sie noch ein weiteres »Gestärktes«, ein dunkelgraues, fast schwarzes Kleid, das Beerdigungen vorbehalten war). Das war ihre Art, Kitty die Ehre zu erweisen.

Was mich betrifft, so trug ich einen beigen Anzug mit einem blauen Hemd und einer gestreiften Krawatte. Und ich hatte mir für diesen Anlass neue Schuhe gekauft: in meinen Augen fast schon ein Opfer, so unsinnig finde ich es, ein Vermögen für Schuhwerk auszugeben, das dazu bestimmt ist, mit den Hundehaufen und der Spucke auf dem Bürgersteig in Berührung zu kommen. Guila versucht zwar seit siebenunddreißig Jahren, mich davon zu überzeugen, dass elegante, gut geputzte Schuhe ein Zeichen von Kultiviertheit seien – aber das mag für alle anderen gelten, nicht für mich. Doch diesmal hatte ich mich überwunden, ebenfalls um Kittys Andenken zu ehren.

Wir hatten es nicht weit: Die Abteilung für Strafsachen des Obersten Gerichtshofs befand sich in Kew Gardens, Queens Boulevard 125-01. Ein Weg von etwas mehr als einem halben Kilometer, Guila an meinem Arm, in der jetzt schon warmen Sonne an diesem Junimorgen. Ich summte ein Menuett von Händel. Und pfiff dabei durch die Zähne, worüber Guila sich ärgerte. »Man sollte meinen, du trägst ein Gebiss!«, schimpfte sie. »Wenn du Lust hast zu singen, mach den Mund auf und singe!«

Doch lautes Singen hätte mich komplett beansprucht, von

den Stimmbändern bis zur Seele, diese Lust überkommt mich nur selten: beispielsweise wenn ich in einen Fluss steige und das Wildwasser mir um die *waders*, die Anglerstiefel, strömt, wenn die Binsen um mich her rauschen, ich die Angelschnur auswerfe und sehe, wie der dunkle Schatten einer Forelle sich vom Grund löst und direkt auf die Fliege zusteuert, die ich ihr anbiete. Wohingegen ich mich, wenn ich durch die Zähne pfeife, nur mit einer Melodie umgebe, wie ein Pfeifenraucher sich in eine duftende Rauchwolke hüllt, um seinen Kummer darin zu verbergen.

Wie klein und nichtig waren wir doch, Guila und ich, sie trotz ihres »Gestärkten« und ich trotz meiner neuen Schuhe, angesichts der Tragweite dessen, was vor Gericht verhandelt werden würde! Hatten wir, vom moralischen Standpunkt aus, meine ich, überhaupt das Recht, dort zu sein?

Guila, die gern wusste, was sie erwartete, fragte mich, ob ich eine Vorstellung davon hätte, wie es weitergehen würde, wenn wir beim Gericht ankamen. Ich antwortete, dass wir eine geräumige Halle durchqueren würden, dass sie vermutlich von Journalisten und anderen Leuten wimmeln würde, die bei der Verhandlung dabei sein wollten (aber, im Gegensatz zu uns, nicht das Vorrecht hatten, in den Gerichtssaal hineinzudürfen), und dass wir bei einer schlecht gelaunten Schwarzen vorstellig werden müssten, die bestimmt ein wenig füllig war, wie alle Frauen, die sich einen Job suchen, bei dem man eine Uniform tragen muss, weil sie meinen, darin schlanker zu wirken, und die uns, nachdem sie unsere Namen notiert und zunächst vorgegeben hätte, wir stünden nicht auf ihrer Liste, in den Verhandlungssaal führen und uns unsere Plätze zeigen würde.

Das alles natürlich unter der Bedingung, dass Martin Gansberg Wort gehalten und Plätze für uns auf der Pressebank reserviert hatte. Vielleicht hatte er es auch nur so dahingesagt und seine Zusage, beschäftigt, wie er inzwischen mit seinen aufsehenerregenden Recherchen war, gleich wieder vergessen.

Der erste Satz seines Artikels – »Über eine halbe Stunde lang sahen achtunddreißig ehrenwerte und gesetzestreue Bürger von Queens zu, wie ein Mörder eine Frau verfolgte und niederstach« – war von allen amerikanischen Zeitungen aufgegriffen worden, und seine Worte waren auf dem besten Weg, so bekannt zu werden wie der Anfang von Dantes *Hölle:* »Als unseres Lebens Mitte ich erklommen, / Befand ich mich in einem dunklen Wald, / Da ich vom rechten Weg abgekommen.«

Und mit einem Schlag war Martin Gansberg selbst ein Star.

Der Saal war noch zu drei Vierteln leer, als die junge Frau vom Empfang (sie war schwarz, aber kein bisschen pummelig und äußerst zuvorkommend) uns zu unseren Plätzen führte. Sie befanden sich in der letzten Reihe, aber das war nicht weiter schlimm, zumal der Saal viel kleiner war als die, die man aus Gerichtsfilmen kennt.

Kaum saßen wir, bemerkte Guila, der Raum besitze die Eleganz eines englischen Clubs (alle Mahagonivertäfelungen, Tische, Stühle, Bänke waren perfekt lackiert oder poliert, und die Farben der amerikanischen Flagge leuchteten), und bedauerte es, dass man dort keine Konferenzen über Gorki abhalten könne, anstatt Recht zu sprechen. Dieses zusätzliche Ärgernis lastete sie – neben allem anderen, wessen man ihn anklagte – ebenfalls Moseley an, der an diesem Morgen des 8. Juni 1964 vielleicht der meistgehasste Mann in New York war.

Nach und nach füllte sich der Saal. Die Plätze des Angeklagten und seiner Verteidiger, die des Staatsanwalts, des Richters und der Geschworenen waren noch nicht besetzt, aber es gab schon genug, worauf man einander hinweisen und was man kommentieren konnte: Freunde und Verwandte von Kitty (aber weder ihre Eltern noch ihre Schwester oder ihre Brüder, die nicht kommen wollten, damit die Erinnerung an sie nicht von den entsetzlichen und grausamen Dingen beschmutzt wurde, die hier gesagt werden würden) saßen in den Reihen hinter dem Tisch, an dem später die Staatsanwälte Frank Cacciatore und Charles E. Skoller Platz nehmen würden, während die Mitglieder der anderen Familie, die Moseleys, sich auf der Seite von Winstons Verteidiger zusammenscharten.

Wie viele von ihnen, auf welcher Seite sie auch immer standen, wären bei Moseleys Hinrichtung anwesend? Wie viele würden ihrerseits zu stummen, passiven Zeugen seiner Angst, seines Leidens (auf dem elektrischen Stuhl zu sterben ist qualvoll) und seines Todes, wenn er denn überhaupt zum Tode verurteilt und das Urteil vollstreckt wurde? Sicher nicht alle, denn angesichts der zahlreichen Möglichkeiten, Berufung einzulegen oder einen Vollstreckungsaufschub zu beantragen, konnten noch gut zehn bis fünfzehn Jahre bis zur Hinrichtung vergehen.

Ehrlich gesagt war Moseley uns, Guila und mir, völlig egal. Wir waren nicht gekommen, um ihn erzählen zu hören, wie er die arme Kitty gequält hatte.

Weder, um auf seine Mörderhände zu schielen oder uns vorzustellen, wie er mit seinem Jagdmesser gewaltsam auf sie eingestochen hatte, noch, um den Klang seiner Stimme zu hören, hatten wir eine einwöchige Reise nach Alaska abgesagt, wo ich Königslachse angeln wollte – zum ersten Mal hatte Guila eingewilligt, mich zu begleiten, und das war ein großer Liebesbeweis, denn alles an der Reise widerstrebte ihr: die Nächte im kühlen Zeltlager, die gefräßigen Mücken und die Tatsache, dass man nur in einem kleinen, klapprigen Wasserflugzeug zum Mulchatna oder zum Stuyahok River gelangte.

Doch wir wollten um keinen Preis darauf verzichten zu hören, wie unsere Nachbarn ihr Schweigen, ihre Tatenlosigkeit rechtfertigten.

In den Zeitungen waren keine Namen genannt worden, aber Guila und ich hatten eine ungefähre Vorstellung davon, wer die achtunddreißig Zeugen gewesen waren. Bis jetzt hatten sie sich nicht zu Wort gemeldet. Sie hüllten sich weiterhin in Schweigen, wie in der Mordnacht. An manchen Fenstern von Mowbray und West Virginia hingen neuerdings sogar Rollos und dichte Vorhänge, die sie vor Blicken schützen sollten.

Aus den Bemerkungen einiger Bewohner konnte man allerdings schließen, wie sich die Zeugen verteidigen würden: »Ja, es stimmt, ich habe Schreie gehört. Aber ich konnte einfach nichts tun: Ich bin zu Tode erschrocken, meine Hände zitterten derart, dass ich nie im Leben in der Lage gewesen wäre, eine Telefonnummer zu wählen. Und überhaupt bin ich gar nicht auf die Idee gekommen, ich hatte viel zu viel Angst, um irgendetwas zu denken.«

»Es werden sicher nur wenige eine Zeugenaussage machen«, erzählte uns Martin Gansberg, der gekommen war, um sich zu vergewissern, dass wir gute Plätze hatten. »Fünf oder sechs, mehr nicht.«

»Warum? Drücken die sich? Wollen die nun doch nichts gesehen oder gehört haben?«

Dieses Gerücht hatten ein paar Boulevardblätter in die Welt gesetzt: Die sogenannten Zeugen aus dem Artikel in der *New York Times* gebe es nur in der Fantasie von Gansberg und Rosenthal, man warf den beiden vor, Kapital aus dieser Lüge zu schlagen, um die Auflage in die Höhe zu treiben und von sich reden zu machen. Eine Theorie, die allein schon dadurch entkräftet wurde, dass keiner der Zeugen protestierte oder auch nur die geringste Entschädigung forderte, weil er als feige bezeichnet worden war beziehungsweise als mitverantwortlich für Kittys Tod.

»Doch, die achtunddreißig Zeugen gibt es«, sagte Gansberg. »Jedenfalls haben so viele Leute behauptet, in dieser Nacht etwas gesehen oder gehört zu haben, was mit Kittys Tod zusammenhängt. Mag sein, dass einige sich nur aufspielen wollten, dann könnten es etwas weniger gewesen sein. Andererseits haben manche vielleicht nur behauptet, sie hätten nichts gesehen, um in Ruhe gelassen zu werden, dann könnten es tatsächlich viel mehr gewesen sein als achtunddreißig Zeugen, die schön zu Hause geblieben sind, wo sie es mollig warm hatten, und mit verschränkten Armen neben ihrem Telefon standen, ohne zum Hörer zu greifen. Wie auch immer, die Staatsanwaltschaft zieht es vor, so wenige von ihnen wie möglich in den Zeugenstand zu rufen. Denn ihr Verhalten ist so schockierend, dass man dann vielleicht Moseley selbst weniger abscheulich finden würde, als er in Wirklichkeit ist. Man wird die Zeugen übrigens gar nicht zu ihrem eigenen Verhalten befragen. Ihre Aussage soll nur dazu dienen, die Geschworenen davon zu überzeugen, dass Moseley tatsächlich der Mörder ist.«

»Wer sollte daran zweifeln? Er bekennt sich doch selbst schuldig.«

Gansberg schüttelte angewidert den Kopf. Er sah aus wie

jemand, dem ein besonders widerwärtiger Geruch in die Nase steigt:

»Sein Anwalt wird auf Unzurechnungsfähigkeit plädieren. Moseley leugnet nicht, die Kleine umgebracht zu haben, Sie können sich sogar darauf gefasst machen, dass er einige unschöne Details erzählen wird. Aber er wird versuchen, die Geschworenen davon zu überzeugen, dass er zum Zeitpunkt der Tat nicht in einer normalen geistigen Verfassung war. Geisteskranke sind nicht zu hundert Prozent verantwortlich für die Taten, die sie unter Einfluss ihres Wahns begehen. Jedenfalls schickt man sie nicht auf den elektrischen Stuhl.«

Schließlich waren die Reihen gefüllt. Die von Gansberg erwähnten Zeugen betraten den Saal getrennt voneinander und nahmen Platz, ohne näher zusammenzurücken.

Aus unserem Haus erkannte ich von hinten Robert Mozer, Andrée Picq und Irene Frost. Dann waren da noch Sophie Farrar, die im selben Haus wohnte wie Kitty, und Samuel Koshkin von den West Virginia Apartments. Sie entschuldigten sich bei denjenigen, die bereits saßen und an denen sie vorbeimussten, um zu ihren Plätzen zu gelangen. Ihr Verhalten war überaus höflich und aufmerksam. Aber sie sollten ja auch nicht verurteilt werden: Sie hatten – im wahrsten Sinne des Wortes – nichts getan.

GUILA HABEN WIR DIE ÜBERSETZUNG ins Hebräische und Jiddische des Artikels zu verdanken, den Maxim Gorki am 8. August 1907 in *The Independent* unter dem Titel *Langeweile* veröffentlichte, ein ausgezeichnet geschriebener Artikel, aus dem jedoch große Verachtung für Amerika spricht.

Darin geht es um Coney Island, den riesigen Vergnügungspark im Süden Brooklyns, an der Atlantikküste. Amerikanische Freunde hatten Gorki, der damals im Exil war, dorthin mitgenommen. Er sah sich das Kuriositätenkabinett an (die üblichen siamesischen Zwillinge, bärtigen Frauen, schlangenhäutigen Menschen und Ähnliches mehr), drehte rittlings auf einem Holzpferd ein paar Runden um die Manege (in Wirklichkeit saß Gorki hoch oben auf einem Elefanten, in einem Rosa, das an Erdbeermus mit Schlagsahne erinnerte, eine widerliche Farbe an einem derart heißen Sommertag) und irrte durch ein Labyrinth, dessen Ausgang er aus eigener Kraft fand, ohne seine amerikanischen Freunde um Hilfe zu bitten.

Lauter banale Dinge, im Grunde genommen.

Kritischer wurde es, als er sich an einem Stand Szenen dessen ansah, was die Sterblichen im Jenseits erwartet. Dort gab es eine Hölle aus Pappmaschee, wo eine junge Frau, die Ähnlichkeit mit der Schauspielerin Alla Nazimova hatte (die Gorki in Russland in einem Stück von Tschechow gesehen hatte, ein unvergessliches Erlebnis), einen neuen Hut vor dem Spiegel anprobierte. Sie war zufrieden mit sich, bewunderte ihren Anblick, nahm unterschiedliche Posen ein, lächelte ihrem Spiegelbild zu.

Da wurde sie von Dämonen ergriffen und zur Strafe für

ihre Eitelkeit in eine Grube geworfen, in der Flämmchen aus rotem Papier in der Zugluft eines Ventilators züngelten.

Seit wann gingen die Leute auf den Jahrmarkt, um zu erfahren, was sie erwartete, wenn sie erst einmal unter der Erde lagen?, empörte sich Gorki, der die Darbietung verabscheuungswürdig gefunden hatte. Und wer, so fuhr er fort, könne von sich behaupten, dass er auch nur die geringste Ahnung habe, was nach dem Tod mit ihm geschah, vorausgesetzt, es geschah überhaupt irgendetwas, und wieso sei es überhaupt wichtig, das zu wissen?

»Dabei ist das doch die einzige Frage, die es wert ist, gestellt zu werden, nicht wahr?«, flüsterte Guila mir in dem Moment zu, als der Richter, Irwin J. Shapiro, den Raum betrat und alle Anwesenden aufstanden. »Der arme Gorki, manchmal, also wirklich … Stell dir vor, was Kitty uns alles zu sagen hätte, wenn sie zurückkommen könnte!«

Wenn es nach den Zeitungen ging, war Kitty eine der wunderbarsten jungen Frauen, die je in Kew Gardens gelebt hatten. Man nannte sie mutig, weil sie nach Queens gezogen war, als ihre Eltern von New York nach New Canaan übersiedelten (Kittys Vater aus beruflichen Gründen, doch hinzu kam, dass ihre Mutter Rachel gewissermaßen vor der eigenen Haustür Zeugin eines Mordes geworden war und es keinen Tag länger in New York aushielt), man lobte ihren Fleiß, bewunderte die Energie, mit der diese kleine, nur einen Meter fünfundfünfzig große und fünfundfünfzig Kilo schwere Person sich abrackerte, um genügend Geld zusammenzubekommen, damit sie möglichst bald ihr viel beschworenes Restaurant eröffnen konnte, und die Art und Weise, wie sie in der Zwischenzeit das *Ev's Eleventh Hour* führte und es bis zwei oder drei Uhr morgens nach Kräften mit Leben füllte.

»Als sie erst einmal auf der Anderen Seite war«, fuhr Guila fort, »nehme ich an, entdeckte sie das Körnchen Wahrheit in allen Dingen und allen Lebewesen. Keine relative Wahrheit wie die hier auf Erden, sondern *die* strahlende Wahrheit.«

»Die unerträgliche Wahrheit«, verbesserte ich sie.

»Im Gegenteil, absolut erträglich. Aber natürlich nur, wenn man auf der Anderen Seite ist. Bestimmt kann man dann in den Gedanken der anderen lesen. Vielleicht sogar in ihrer Seele.«

»Schwarz ist die Seele von Moseley«, sagte ich. »Der Prozess wird es an den Tag bringen.«

»Er wird an den Tag bringen, dass Moseley ein Mörder ist, was wir bereits wissen, und er wird die Frage beantworten, wie er Kitty umgebracht hat, was wir ebenfalls ziemlich genau wissen. Was, meiner Meinung nach, darauf hinausläuft, dass dem Steuerzahler viel Geld für ein mageres Ergebnis abgeknöpft wird. Der wesentliche Punkt ist ein anderer: dass Kitty nämlich zu diesem Zeitpunkt vermutlich weiß, *warum* Moseley ihr das angetan hat. Warum er nicht anders konnte. Und wenn die Antwort auf diese Frage lautet, dass Moseley geisteskrank ist, wäre es nicht undenkbar, dass Kitty ihm längst verziehen hat.«

An dieser Stelle machte Guila eine kurze Pause. Sie hatte mit einer für sie ungewöhnlichen Hast gesprochen. Ihre kleine Ansprache – die noch nicht zu Ende war, das spürte ich – musste sie sich schon eine ganze Weile zurechtgelegt haben. Sie sah sich um, als würde sie nach einem Glas Wasser suchen. Es gab zwar eine Karaffe und ein Glas, aber nur ganz vorn auf dem Tisch, an dem Richter Shapiro gerade Platz genommen hatte, das Wasser war also genauso unerreichbar wie Kitty Genoveses Jenseits.

»Doch die Haltung derer, die Kitty beim Sterben zugeschaut und nichts unternommen haben, als würden sie es im Fernsehen sehen«, schloss Guila, »diese Haltung ist keine Krankheit. Nein, Feigheit und Gleichgültigkeit sind keine Krankheiten. Man könnte Tausende und Abertausende Tode sterben, und man würde auf der Anderen Seite des Lebens immer noch nicht schlauer werden aus dieser Feigheit und Gleichgültigkeit. Sie sind ein Teil von uns, weiter nichts.«

»Du meinst wohl, sie sind ein Teil von diesen achtunddreißig Scheusalen«, wandte ich ein.

Ich nehme an, dass Guila eine Antwort parat hatte, doch sie musste sie für sich behalten, denn neben uns erklang hier und da »Pscht!« und »Seien Sie doch mal still!«. Aber ich kenne Guila gut genug, um zu wissen, was sie gesagt hätte: »Nein, Nathan, diese hässlichen Eigenschaften sind auch ein Teil von uns.«

Winston Moseley wurde in Handschellen von Polizisten hereingeführt, die sein Gesicht vor uns verdeckten. Nachdem er seinen Platz eingenommen hatte, konnten wir nur noch seine Schultern und seinen Nacken sehen, und er drehte sich kein einziges Mal um, obwohl seine Frau Elizabeth im Gerichtssaal saß, mit schmerzerfülltem Gesicht, und darauf wartete, seinem Blick zu begegnen.

Als Victor Horan, Kellner im *Ev's Eleventh Hour*, in den Zeugenstand trat, erinnerte er zunächst daran, dass die Nacht vom 12. auf den 13. März die kälteste im ganzen Jahr gewesen war. Bis jetzt zumindest. Und wenn ihm etwas an diesem Detail lag, dann einfach, weil er es wichtig fand: Aufgrund ihrer italienischen Abstammung liebte Kitty die Sonne, schönes Wetter und Wärme, also stellte Victor Horan sich vor, dass sie *noch mehr* darunter gelitten hatte, in einer derart eisigen Nacht zu sterben. Solche Dinge würden möglicherweise in Gerichtssälen nicht für wichtig befunden, sagte er, doch ihm, Victor Horan, liege daran, an diese kälteste aller Nächte zu erinnern.

Weil er Kitty Genovese sehr gerngehabt habe. Natürlich hätten viele Menschen sie gerngehabt, doch er mochte sie noch lieber. »Ach, wenn Sie nur gesehen hätten, wie gut sie tanzen konnte! Ob man nun das Radio anstellte oder eine Schallplatte auflegte, Kitty kam immer hinter dem Tresen hervor und tanzte für uns.«

Er erinnerte sich noch gut an die besagte Nacht, er war geblieben, bis sie ging. »Schließ du dann bitte ab, Victor«, habe sie gesagt. Da habe er sie zum letzten Mal gesehen. Dessen sei er sich damals natürlich nicht bewusst gewesen, doch nun, im Rückblick, meinte er, er sei eifersüchtig gewesen, weil er sich vorstellte, dass sie zu einer Verabredung ging.

Dabei habe sie sich nicht umgezogen, nicht zurechtgemacht – im Gegenteil, sie schminkte sich im Lokal ab, über dem Waschbecken, als wolle sie Zeit sparen und sich zu Hause gleich ins Bett fallen lassen, ohne wie üblich vorher ins Badezimmer zu gehen.

Eine Erklärung dafür, dass ihre Wimperntusche nicht verlaufen war, dass der Lippenstift nicht verschmiert war, als sie mit einem Gesicht, blass und glatt wie das einer Wachspuppe, in den Tod gegangen war.

Kaum staute sich der Verkehr nicht mehr, kaum hatten die chinesischen Garküchen zugemacht und waren die Grills der Steakhäuser und die Pizzaöfen kalt geworden, die Leuchtschilder erloschen, die Aufzüge wieder ins Erdgeschoss hinuntergefahren (alle waren zu Hause oder täten besser daran, es zu sein), die Bügeleisen, die Mixer, die 2000-Watt-Elektro-Fritteusen, die Handtuchtrockner ausgeschaltet, sank die Temperatur in dem Stadtteil zwischen dem Francis Lewis Boulevard im Osten und dem Jamaica Hospital im Westen um ein paar Grad.

Da stieg eine Blase von Restwärme über Queens County auf und stieß auf die Kaltfront, die der Wind aus New Jersey nach Osten blies. Der stille Zusammenprall der Luftmassen führte zu einem thermischen Austausch, aus dem ein erster Luftzug hervorging, der auffrischte, indem er erst einen weiteren Luftzug absorbierte, dann noch einen und noch einen, bis sie sich zu einem kräftigen Wind steigerten, der, als er über Kittys nackte Hände, ihr Gesicht und den Eisenrollladen des *Ev's Eleventh Hour* hinwegfegte, schneidende Kälte verbreitete.

In derselben Nacht war Elizabeth Moseley gerade mit dem Aufräumen der Küche fertig geworden. Sie konnte sich nicht entschließen, ins Bett zu gehen. Vom Wohnzimmer her, wo er sich einen Film im Fernsehen ansah, rief Winston ihr zum dritten Mal in Folge zu, sie solle endlich schlafen gehen und die lange Nacht, die vor ihr lag, nicht vergeuden, ein Luxus, den sie nur alle zwölf Tage einmal genoss – und auch das nur, wenn die Schichten wie geplant verliefen und keine Kollegin krank wurde.

Weil sie sich nach der Geburt der Kinder beide entschlossen hatten weiterzuarbeiten, er tagsüber bei der Raygram Corporation in Mount Vernon und sie als Nachtschwester im Elmhurst Hospital in Queens, verbrachten Winston und Elizabeth gemeinsam weniger Zeit mit ihren Kindern, als sie es sich gewünscht hätten. Doch Elizabeth hatte in einer Zeitschrift gelesen, dass ein Ornithologe behauptete, die geteilte, abwechselnde Verantwortung für die Brut (es blieb immer einer im Nest, während der andere auf Nahrungssuche ging) sei genau der Grund dafür, dass die meisten Vögel treu waren, weil sie sich einfach gegenseitig vertrauen mussten. Die Sozialarbeiterin in ihrem Viertel hatte sie ebenfalls beruhigt: Das System, bei dem sie sich zu Hause ablösten, sei für sie selbst zwar weniger angenehm, aber die Kinder würden davon profitieren, dass sich immer einer der beiden Elternteile ausgeruht um sie kümmerte.

In dieser Nacht würde Elizabeth gut schlafen – sie schlief immer gut, wenn es draußen kalt war und sie all ihre Lieben zu Hause um sich versammelt hatte.

Moseley stellte den Fernseher leiser, um das Quietschen des Betts, wenn seine Frau sich schlafen legte, besser zu hören. Danach würde er warten, bis sie tief und fest schlief, ehe er aus dem Haus ging und tat, was er tun musste.

Er hatte sich nicht darauf vorbereitet, was in dieser Nacht geschehen würde. Wie hätte er auch im Geist die Einzelheiten eines Mordes durchgehen sollen, während er mit Elizabeth darüber sprach, wie groß die Chancen waren, dass einer von ihnen vor dem Sommer eine Gehaltserhöhung bekam?

Er zwang sich, noch etwas länger zu warten. Elizabeth erwachte oft gleich wieder aus dem Schlaf, setzte sich mit weit geöffneten Augen auf und rieb sich über Mund und Kinn wie jemand, dem etwas entfallen ist.

Wenn sie dann merkte, dass Winston nicht bei ihr war, konnte es sein, dass sie aufstand, um ihn zu suchen. Sie würde ins Wohnzimmer gehen. Und dort würde sie ihren Mann sehen und sich über seinen Blick wundern, seinen *anderen Blick*, den Blick, den sie nicht von ihm kannte, den niemand kannte, außer einer Handvoll Frauen vielleicht, die nicht bei der Begegnung gestorben waren, aber fast, und diesen Blick nie vergessen würden.

Der Film war längst zu Ende, und der Fernseher rauschte nur noch. Sicher gab es auf anderen Kanälen noch Sendungen, doch Moseley hatte das Stadium erreicht, in dem die grauenhaften Bilder, die er vor seinem geistigen Auge sah, alles übertrafen, was das Fernsehen ihm je bieten konnte.

Nachdem er sich vergewissert hatte, dass Elizabeth fest schlief, ging er auf leisen Sohlen ins Kinderzimmer. Er blieb einen Moment in der Tür stehen, um seine Kinder zu betrachten. Er fand sie schön, spürte, wie er von Liebe für sie erfasst wurde, ließ sich fast dazu hinreißen, sich über sie zu beugen und sie zu küssen (aber wenn sie aufwachten, würde es ihn große Mühe kosten, sie wieder zum Schlafen zu bringen, und er wäre am Ende noch zu spät dran, um auf die Jagd nach einer Frau zu gehen, die er umbringen konnte), also wünschte er ihnen nur leise schöne Träume.

Nachdem er die Tür sorgfältig abgeschlossen hatte, ging er zum Auto und hoffte, dass es anspringen würde. Der weiße Corvair war erst vier Jahre alt, kein Alter für einen Chevrolet. Doch in diesem Winter hatte die Batterie Anzeichen von Schwäche gezeigt, besonders in sehr kalten Nächten. Dabei tat Moseley alles, damit sie sich nicht entlud, ja sogar mehr als die meisten anderen – seine vielen Nächte am Steuer, bis zu vier oder fünf Stunden am Stück, bei gleichmäßiger Geschwindigkeit, nicht zu schnell, aber auch nicht zu langsam, ein Wagen, der im Schritttempo fährt, ist in den Augen der Polizei genauso verdächtig wie einer, der mit Höchstgeschwindigkeit durch die Stadt rast.

Moseley wollte nicht von einem Streifenwagen angehalten werden. Er hatte zwar alle nötigen Papiere bei sich, und die Polizisten konnten den Wagen in seine Einzelteile zerlegen, ohne auch nur die Spur einer illegalen Substanz zu finden, doch die Fragen, die man ihm mit Sicherheit stellte, würden ihn von seinen Gedanken ablenken – oder besser gesagt von seinem einzigen, obsessiven und alles andere ausschließenden Gedanken.

Er durfte sich nicht von dem Trieb abbringen lassen, der vorhin erwacht war und der nun in ihm schlug wie ein zweites Herz, kraftvoll und zerbrechlich zugleich. Kraftvoll, weil der Trieb Moseleys Lust steigerte und all seine körperlichen und seelischen Funktionen in den Dienst der Erfüllung dieses Verlangens stellte, aber zerbrechlich, weil die geringste Kleinigkeit – ein vorbeifahrender Zug, der Geruch von Nebel, ein Lied im Radio – genügte, um seinen intensiven Rhythmus zu unterbrechen. Wenn das geschah, schien das Verlangen abzustumpfen, bis es ganz erloschen war und aus seinen Gedanken verschwand. In Wirklichkeit trat es aber nur in den Hintergrund, und Moseley konnte nie vorhersagen, wann es sich wieder manifestieren würde. Er wusste nur, dass der Trieb dann mächtiger wäre als zuvor.

Vielleicht würde der Tag kommen, an dem Moseley nichts anderes mehr wollte, als dieses Verlangen zu stillen. Er würde ganz darin aufgehen wie die Leichen, die andere Mörder – die Mörder, die aus Profitgier töteten, aus Wut, aus Liebe, kurz, aus all den Gründen, die nichts mit Lust zu tun hatten – in Ätzkalk auflösten.

Dann würde er nicht mehr nur Lust dabei empfinden, den Tod zu bringen, sondern er wäre der Tod selbst.

An diesem Tag würde er jede Fähigkeit zu denken verlieren, er würde nichts als reine, primitive, brutale Empfindung sein und vielleicht sogar so weit gehen, bei grellem Licht und vor den Augen einer erschütterten Menge zu tun, was bisher nur an einsamen Orten und in dunklen Nächten geschehen konnte.

IRGENDWANN ZWISCHEN HALB ZWEI UND ZWEI UHR am Morgen bog Moseley mit seinem Corvair in die Sutter Avenue ein. Er fuhr in Richtung Queens Boulevard und Yellowstone und suchte die Gegend systematisch nach einem Auto ab, in dem eine Frau saß, allein.

Eine Stunde später sah er endlich einen kleinen roten Fiat mit einer Frau am Steuer. Er hängte sich an sie dran, ohne überhaupt zu versuchen, mehr über die Fahrerin herauszufinden. Er hoffte nur, dass sie tatsächlich auf dem Nachhauseweg war und dass sie nicht allzu weit von der Stelle entfernt wohnte, wo er sie aufgespürt hatte. Es drängte ihn, zur Tat zu schreiten. Es fiel ihm zunehmend schwerer, nach Hause zurückzukehren, ohne sein Vorhaben in die Tat umgesetzt zu haben. Er war dann so frustriert, dass er sich mehrere Tage unwohl fühlte.

Zum Glück für ihn dauerte die Treibjagd nicht lange: Ein Dutzend Blocks weiter, in der Austin Street, verlangsamte der rote Fiat und bog auf den Parkplatz an der Long Island Railroad Station ein.

In der Zeit, die die Fahrerin brauchte, um einen Parkplatz zu finden, die Scheinwerfer auszuschalten, den Motor auszumachen, auszusteigen und das Auto abzuschließen, hatte Moseley seinen Corvair schon achtlos vor einer Bushaltestelle in der Nähe abgestellt. Er überquerte den Parkplatz, ein Jagdmesser – ein drei Wochen zuvor gekauftes deutsches Fabrikat – in der rechten Jackentasche.

Verteidiger Sidney G. Sparrow: War das der Moment, Winston, kurz bevor Sie sich ihr in den Weg stellten, in dem Sie den Entschluss fassten, sie zu töten?

Moseley: Ja.

Verteidiger Sparrow: Warum? Gab es irgendeinen Grund, weswegen Sie sie töten wollten?

Moseley: Nein, es gab keinen bestimmten Grund dafür.

Verteidiger Sparrow: Hatten Sie sie vor dieser Nacht schon jemals gesehen?

Moseley: Nein, noch nie.

Verteidiger Sparrow: Wussten Sie, ob sie Geld bei sich hatte?

Moseley: Absolut nicht.

Verteidiger Sparrow: Spielte es für Sie denn eine Rolle, ob sie Geld bei sich hatte?

Moseley: Nein, eigentlich nicht.

Verteidiger Sparrow: Hatten Sie in diesem Moment vor, sie zu vergewaltigen, Winston?

Moseley: In diesem Moment nicht, nein.

Kitty Genovese sah Moseley den Bruchteil einer Sekunde, nachdem sie den Schlüssel aus dem Schloss des Fiats gezogen hatte. Er stand da, fünfzig Meter von ihr entfernt, vollkommen reglos, alle Muskeln bis zum Äußersten angespannt. Sie nahm sich nicht die Zeit, ihn zu mustern: Ihr war sofort klar, dass er eine Bedrohung darstellte, und sie überlegte, wie sie ihm am besten entkommen konnte.

Seit sie in New York lebte und besonders seit sie im *Ev's Eleventh Hour* arbeitete, hatte Kitty sich eine Reihe von Reflexen angeeignet. Wenn sie überfallen wurde, musste sie ihren Angreifer, bevor er ihr überhaupt so nahe kam, dass sie ihm den

Autoschlüssel ins Auge stechen oder ein Knie in den Unterleib rammen konnte, bereits davon überzeugt haben, dass sie nicht so allein war, wie er dachte, dass sie Schutzengel hatte, die jederzeit vom Himmel herabsteigen konnten, um ihr beizustehen. Diese Engel musste es gar nicht wirklich geben, damit der Trick funktionierte, wichtig war nur, den Angreifer glauben zu lassen, dass die Bedrohung plötzlich die Richtung gewechselt hatte, dass sie von ihr ausging und sich gegen ihn richtete. Kittys Engel konnten die Gestalt eines imaginären Hundes annehmen, der vermeintlich ein Stück hinter ihr herging und den sie nur bei einem kriegerischen Namen wie Warrior, Rebel oder Tiger rufen und herbeizupfeifen brauchte, oder die eines unsichtbaren Polizisten, dem sie nachrief: »Gute Nacht, *officer*, und nochmals vielen Dank für Ihre Hilfe, ohne Sie hätte ich die Straße nie gefunden!«

Heute Nacht würde eine Notrufsäule die Rolle des Schutzengels übernehmen. Sie stand ganz in der Nähe, keine dreißig Meter entfernt, an der Ecke Austin Street und Lefferts Boulevard.

Kitty würde fünf oder sechs Sekunden brauchen, um dorthin zu gelangen, und nur halb so lange, um die kleine blaue Abdeckung mit der Aufschrift *Police* anzuheben und auf den Knopf zu drücken. Und selbst wenn der Telefonist nicht gleich abnahm, würde sie sofort losreden, egal, ob jemand am anderen Ende der Leitung war oder nicht, und mit lauter Stimme sagen: »Ein Überfall Ecke Austin und Lefferts, ich wiederhole, ein Überfall …« Wenn der Typ rauschgiftsüchtig war und Geld brauchte – und Kitty ging nicht davon aus, dass er auf etwas anderes aus war –, würde das ausreichen, um ihn zu vertreiben, diese armen Junkies ließen sich leicht verunsichern.

Sie nahm Anlauf und sprintete los. Ihre Schuhe klapperten auf dem Asphalt. Moseley nahm die Verfolgung auf. Sie waren etwa gleich alt (Moseley war nur ein Jahr älter als sie), doch Kitty machte größere Schritte. Wenn das hübsche enge Kleid, das sie bei der Arbeit im *Ev's Eleventh Hour* trug, sie nicht behindert hätte, wäre sie ihrem Mörder entkommen.

Sie hatte keine zehn Meter zurückgelegt, als Moseley sie auf der Höhe einer kleinen Buchhandlung einholte, die auch Glückwunschkarten verkaufte. Sie schrie ein erstes Mal »Hilfe!« und rannte weiter. Doch Moseley hielt sein Jagdmesser mit der langen Klinge fest in der Hand und stieß es ihr zweimal in den Rücken.

Weil sie noch weiterlief, drang die Schneide ein, kam aber sofort wieder heraus, ohne ein lebenswichtiges Organ verletzt zu haben.

Für Kitty fühlte es sich so an, als hätte sie sich verbrannt, eine seltsam kalte Verbrennung, wie wenn man mit eisigem Metall in Berührung kommt. Trotz ihres festen Willens, nicht zu stürzen und die Notrufsäule zu erreichen – es fehlte wirklich nicht mehr viel –, gaben ihre Beine nach. Sie fiel nicht nach vorn, sondern sank in sich zusammen und landete auf den Knien, den Oberkörper nach vorn geneigt, in der demütigenden Haltung eines Menschen, der gefoltert wird und seinem Henker den Nacken darbietet.

Aber nur für den Bruchteil einer Sekunde: Weil das Gewicht ihres Kopfes an der Rückenmuskulatur zog, verschlimmerten sich die Schmerzen von den Stichwunden. Kitty hob das Kinn, um sie zu lindern. Sie sah den Mann nicht, der auf sie eingestochen hatte – er stand hinter ihr –, doch sie konnte seinen Schatten im Licht einer Straßenlaterne erkennen. Er hatte die Hand mit dem Messer erhoben, als wollte er nochmals zustechen. Sie begriff, dass sie keine Chance mehr hatte, die Notrufsäule zu erreichen. Nicht einmal, wenn sie auf den Knien hinrobbte. Der Schatten über ihr würde das nicht zulassen.

Dennoch gab Kitty nicht auf. Sie musste sich nur etwas anderes ausdenken, jede Verteidigungstaktik, die auf eine Flucht ausgerichtet war, vergessen. Ihre Beine gehorchten ihr nicht mehr. Ihre Zehen waren eiskalt, als wäre sie barfuß durch den Schnee gelaufen, und ihre Knie fühlten sich an wie zwei vollgesogene Wattebäusche.

Verletzungen am Rücken sind besonders beunruhigend, weil man sie weder sehen noch zusammenpressen kann und sich die Wunden also meist schlimmer vorstellt, als sie sind. Kitty wusste nicht, wie tief die Klinge eingedrungen war und was sie dabei durchtrennt, zerrissen, zerstört hatte. Sie wusste nur, dass der Schmerz sich ausbreitete, brennend, und einen immer größeren, aber auch immer weniger klar umrissenen Teil ihres Körpers einnahm. Inzwischen, und es war nicht einmal eine Minute her, dass der Mann sie getroffen hatte, strahlten die Schmerzen bis zum Kiefer und zur Hüfte aus.

Genauso groß wie die Schmerzen war jedoch ihre Fassungslosigkeit. Kitty konnte nicht begreifen, warum dieser Mann sie verletzt hatte, weshalb er sie umbringen wollte. Warum musste sie sterben? Womit hatte sie das verdient? Sie zwang sich, darüber nachzudenken, wo und wann sie jemanden so schlecht behandelt hatte, dass sie das verdiente – doch ihr Hirn weigerte sich, weiter in die Vergangenheit zurückzukehren als bis zum ersten Messerstich, und es weigerte sich ebenfalls, ihr irgendeine Form von Zukunft vorzuspiegeln. All ihre Gedanken schienen sich zu bündeln, auf den gegenwärtigen Augenblick zu konzentrieren, als hätte das Grauen keinen

Anfang und kein Ende. Da sie nicht denken konnte, hatte sie auch keinen Einfluss mehr auf ihren Bewegungsapparat. Aber die Tatsache, dass sie sich nicht mehr rühren konnte, hinderte sie nicht daran zu schreien.

Also schrie Kitty wieder, flehte um Hilfe.

Und zum ersten und letzten Mal bekam sie eine Antwort.

Staatsanwalt Frank Cacciatore: Nennen Sie Ihren Namen und Ihre Anschrift.

Mozer: Ich heiße Robert Mozer. Ich wohne in der Austin Street 82-67, in dem Gebäude namens Mowbray House.

Es war irgendwie rührend, wie viel Mühe der Zeuge sich gab, um das richtige Wort für das Geräusch zu finden, das ihn am frühen Morgen des 13. März aus dem Schlaf gerissen hatte. Guila, die Gorki-Übersetzerin, und ich – in einem bescheideneren Maß, seit ich an der Geschichte Haskèls und seines Kartoffelimitats schrieb – konnten beurteilen, wie schwierig es sein kann, das richtige Wort zu finden.

Mozer: Irgendwo da draußen in der Nacht war die Stimme einer jungen Frau: »Helfen Sie mir! Helfen Sie mir!« Aber es war kein Brüllen, und es war auch kein Schrei.

Staatsanwalt Cacciatore: Aber es muss doch ziemlich laut gewesen sein, wenn es Sie aus dem Schlaf gerissen hat, trotz Ihrer geschlossenen Fenster und obwohl Sie im siebten Stock wohnen, Mr Mozer?

Mozer: Ich versichere Ihnen, es war nur so etwas wie ein Gespräch, und einer wiederholte immerzu: »Helfen Sie mir! Helfen Sie mir!«

Staatsanwalt Cacciatore: Und was haben Sie getan?

Mozer: Ich bin aufgestanden und habe aus dem Fenster geschaut.

»Immerhin einer, der nicht liegen geblieben ist«, bemerkte Guila zufrieden. Ich antwortete ihr, das seien doch die Schlimmsten gewesen, die aufgestanden waren und hinausgeschaut hatten, ohne etwas zu unternehmen.

Staatsanwalt Cacciatore: Was haben Sie gesehen?

Mozer: Auf der anderen Straßenseite, vor der Buchhandlung, kniete ein Mädchen, und dieser Typ da (er zeigte auf Moseley) beugte sich über sie.

Staatsanwalt Cacciatore: An der Stelle, von der Sie sprechen, vor der Buchhandlung, also bei der Hausnummer 82-64, steht doch eine Straßenlaterne, oder?

Mozer: Ja. Genau da, im Lichtkegel, war der Typ und beugte sich über das Mädchen. Da habe ich rumkrakeelt.

Staatsanwalt Cacciatore: Sie haben ... Was haben Sie gemacht?

Mozer: Gebrüllt. So etwas wie: »Hey! Hauen Sie bloß ab!« Oder vielleicht auch: »Was machen Sie denn da?«

Moseley seinerseits sagte aus, er habe gehört, wie jemand ihm zurief, er solle *das Mädchen in Ruhe lassen*. Da habe er kurz aufgeschaut, die hohe Front von Mowbray House hinauf, um zu sehen, aus welchem Fenster der Schrei gekommen war – denn es war nicht die Stimme des Herrn gewesen, die ihm geheißen hatte aufzuhören, bestimmt nicht, sondern die eines Mannes. Mehr habe er jedoch nicht wissen wollen, erinnerte er sich, er habe den Schrei gehört, Licht in mehreren Fenstern aufleuchten sehen und einen großen Schreck bekommen.

Mozer: Er hat die Beine in die Hand genommen und ist abgehauen. Er rannte wie ein aufgeschrecktes Kaninchen. Wirklich sagenhaft schnell, wissen Sie. Ich glaube nicht, dass ich je zuvor jemanden so schnell habe rennen sehen!

Staatsanwalt Cacciatore: Und dann ist er aus Ihrem Blickfeld verschwunden?

Mozer: Genau. Er verschwand in Richtung Long Island Railroad Station.

Staatsanwalt Cacciatore: Und die Frau?

Mozer: Die habe ich natürlich nicht aus den Augen gelassen. Sie ist wieder aufgestanden, hat sich umgesehen, so (er ahmte nach, wie Kitty sich zögernd in alle Richtungen umgesehen hatte). Und dann ist sie gegangen. Auf der anderen Seite des Gebäudes, in der Richtung, in die der Typ gerannt war, ist ein Drugstore. Da ist sie um die Ecke gebogen. Danach habe ich sie nicht mehr gesehen.

Nachdem der Schrei und die Lichter ihn vertrieben hatten, kehrte Moseley zu seinem Wagen zurück. Da fiel ihm auf, dass er den Corvair im Blickfeld desjenigen, der ihn angeschrien hatte, abgestellt hatte. Sein Gesicht hatte der Mann mit Sicherheit nicht gesehen, und selbst wenn, dann aus viel zu großer Entfernung und nicht lange genug, um sich seine Züge einzuprägen; aber einen weißen Corvair würde er identifizieren können, ja, vielleicht konnte er sogar das Nummernschild erkennen, sodass die Polizei in der Lage wäre, die Spur zu ihm zurückzuverfolgen.

Moseley entschied sich, seinen Wagen in der 82nd Street abzustellen, wo er weniger auffallen würde.

Im Fahren sah er die Frau aufstehen und beim Drugstore um die Ecke biegen. Ihm war klar, dass sie nicht weit kommen würde: Die Messerstiche in den Rücken hatten sie zwar nicht getötet, doch sie hatte eine Menge Blut verloren, ihre Verletzungen waren wie diejenigen, die Picadore Stieren zufügen, um sie zu schwächen und zu zwingen, den Kopf zu senken. Sie taumelte beim Gehen und stützte sich mit den Händen an der Mauer ab, um nicht zu fallen. Trotz der Entfernung und ihres nicht eben anmutigen Ganges hatte er das Gefühl, dass sie hübsch war – doch das spielte keine große Rolle für ihn.

Moseley, der überzeugt war, dass er seine Beute rasch wiederfinden würde, nahm sich die Zeit, sein Auto mindestens einen halben Block weit wegzufahren. Und da er schon einmal dabei war, ersetzte er die Mütze, die er sich bis über die Ohren gezogen hatte, durch einen auf dem Rücksitz herumliegenden Hut; das dürfte ihn sicher so verändern, dass er ungehindert am Fenster desjenigen vorbeigehen konnte, der ihn angebrüllt hatte, *abzuhauen und das Mädchen in Ruhe zu lassen*. Vielleicht hatten noch mehr Leute gesehen, wie er die Frau angegriffen hatte, davon musste er sogar ausgehen, weil in dem Haus gegenüber mehrere Lichter angegangen waren, obwohl nur ein Anwohner etwas gerufen hatte.

Moseley überlegte sich, dass er kein großes Risiko einging, wenn er zurückkehrte, um sein Opfer niederzumetzeln, vielleicht sogar überhaupt keines. Wenn jemand der Frau zu Hilfe hätte eilen wollen, wäre das längst geschehen. Natürlich, es standen noch Leute am Fenster, aber Moseley war sicher, dass keiner von ihnen etwas unternehmen würde. Überhaupt hatte der Typ sich vielleicht nur dazu aufgerafft zu schreien, weil die Hilferufe seinen Schlaf gestört hatten. Wenn er die Frau endgültig zum Schweigen gebracht hatte, würden alle wieder in ihr warmes Bett zurückkehren und ihre Träume an der

Stelle fortsetzen, an der diese Idiotin sie mit ihrem Geplärre unterbrochen hatte.

In Kew Gardens war es in dieser Nacht erstaunlich ruhig. Selbst das *Old Bailey's* wurde seinem Ruf als Lokal, in dem es hoch herging, nicht gerecht, es war still und dunkel, da es wegen einer Schlägerei viel früher als sonst zugemacht hatte. Wäre es wie üblich bis vier Uhr morgens offen gewesen, hätte Kitty sich dorthin flüchten können, anstatt um das Haus herumgehen zu müssen, um zum Eingang zu gelangen.

Staatsanwalt Cacciatore: Miss Picq, wo befanden Sie sich am 13. März 1964?

Andrée Picq: In Mowbray House, in der Wohnung Nummer 403.

Staatsanwalt Cacciatore: Die ein Fenster mit Blick auf die Austin Street hat?

Picq (mit tonloser, ein bisschen zittriger Stimme): Ja, genau gegenüber der Buchhandlung.

Staatsanwalt Cacciatore: Und Sie haben zu diesem Fenster hinausgeschaut?

Picq: Ja.

Staatsanwalt Cacciatore: Warum?

Picq: Weil ich gehört habe, wie jemand »Hilfe! Hilfe!« rief. Drei Mal. Da bin ich schnell aufgestanden und habe zum Fenster hinausgeschaut.

Staatsanwalt Cacciatore: Und was haben Sie gesehen?

Picq: Eine Frau, die auf dem Bürgersteig lag. Und einen Mann, der sich über sie beugte und auf sie eindrosch. Dann hat ein Nachbar etwas gerufen, und der Dreckskerl ist abgehauen.

Staatsanwalt Cacciatore: Und die Frau?

Picq: Ach! Die arme Kleine ... Sie ist mühsam wieder aufgestanden und schrie dabei, sie rief weiter um Hilfe und entfernte sich langsam, bog beim Drugstore um die Ecke und verschwand hinterm Haus ...

Ein paar Minuten lang glaubte Kitty, dass sie in Sicherheit war. Der Angreifer war geflohen, und ihr war es trotz ihrer Verletzungen gelungen aufzustehen. Sie hatte nur noch einen Wunsch: genügend Kraft zu sammeln, um zur Tür auf der Rückseite des kleinen Hauses zu gelangen, in den Flur und zu der Treppe, die zu ihrer und Mary Anns Wohnung führte. Sie würde die Treppe bestimmt nicht hinaufkommen, aber immerhin wäre sie zu Hause oder zumindest fast, hinter geschlossenen Türen jedenfalls, geschützt vor diesem Dämon, der aus der Dunkelheit gekommen war, um ihr ein Messer in den Rücken zu rammen. Ohne diese Stimme in der Nacht, die dem Angreifer zugerufen hatte, abzuhauen und sie in Ruhe zu lassen, hätte der Typ so lange weitergemacht, bis sie tot gewesen wäre, daran bestand kein Zweifel.

Morgen oder vielleicht übermorgen – wenn sie am nächsten Tag noch zu sehr unter Schock stand, um aus dem Haus zu gehen – wollte Kitty versuchen herauszufinden, wer ihr mit seinem Schrei das Leben gerettet hatte. Sie würde dem Mann zum Dank ein Geschenk vorbeibringen, einige der besten Flaschen aus dem Keller des *Ev's Eleventh Hour* zum Beispiel. Und sie würde ihn fragen, warum er nicht gekommen war, um ihr beim Aufstehen zu helfen und zu verhindern, dass das Blut weiter ihren Rücken hinunterlief und eine große Lache auf dem Boden bildete. Sicher, es war mitten in der Nacht, aber der Mann konnte sich doch unmöglich wieder ins Bett gelegt haben, ohne sich irgendwie zu vergewissern, dass sie in Sicherheit war. Wahrscheinlich hatte er einfach lieber die Polizei gerufen.

Sie wandte sich Mowbray House zu, sah Licht in den Fenstern, erriet Umrisse von Gestalten, die sich in den erleuchteten Rechtecken abzeichneten. Sie sagte sich, dass in diesem Moment alle Polizisten des 112. Reviers auf dem Weg zur Austin Street sein mussten. Sie lauschte angestrengt, ob sie Polizeisirenen hören konnte. Doch sie vernahm nur das dumpfe, fortwährende Rauschen der Stadt im Hintergrund, immer wieder unterbrochen vom klagenden Heulen eines Einsatzfahrzeugs, doch es war nie eines aus dem 112. Revier.

Plötzlich war ihr eiskalt. Vom Blutverlust und vor Schmerzen. Sie dachte, dass es nichts nützte hierzubleiben, wenn doch keiner kam. Und wenn jemand zu ihrer Rettung auftauchen sollte, könnten genügend Leute sagen, dass sie sich hinters Tudorhaus geschleppt hatte. Dort würden die Polizisten oder die Krankenwagenfahrer des Queens General Hospital sie dann finden, auf der untersten Stufe der Treppe kauernd.

Sie stützte sich an der Wand ab, entfernte sich. Ihr Gang ähnelte dem eines etwas desorientierten Schlafwandlers oder einer Tänzerin, die eine komplizierte Choreografie in ihre Bestandteile zerlegt.

Sie kam nicht auf die Idee, dass der Mann mit dem Messer sein Werk vielleicht vollenden wollte und dass er alles tun würde, um sie wiederzufinden, bevor sie unter Polizeischutz stand. Für Kitty war der Angreifer wieder endgültig in der Dunkelheit versunken, aus der er gekommen war. Einen Moment lang überlegte sie, ob es vielleicht einer ihrer Gäste aus dem *Ev's Eleventh* gewesen war, jemand, den sie einmal grob behandelt hatte. Aber wenn ja, hätte er sich doch zu erkennen gegeben, sonst hätte eine solche Vergeltungsmaßnahme wenig Sinn. Dieser Mann hatte jedoch kein Wort gesagt, er hatte sie behandelt wie einen leblosen Gegenstand, ein Kopfkissen, in das er stach, um die Federn aufzuwirbeln, sie zu befreien, damit sie wieder fliegen konnten.

Aber sie war doch kein Kopfkissen, sondern eine hübsche, lebenslustige junge Frau. Ich, Catherine »Kitty« Genovese, Tochter von Rachel und Vincent Genovese, bin fest entschlossen, heute Nacht nicht zu sterben, das wäre in Anbetracht all der Pläne, die ich noch habe, furchtbar ungerecht und furchtbar idiotisch angesichts dessen, dass sich zwei Stockwerke über mir die Frau befindet, die ich liebe und die mich liebt, Mary Ann, die heute Abend mit Freunden beim Bowlen war und natürlich schon zu Hause ist (da alle Bowlingbahnen in New York um diese Zeit schon geschlossen sind und Mary Ann sich für gewöhnlich nicht nachts auf der Straße herumtreibt, schon gar nicht bei der Eiseskälte), es kann nicht mehr lange dauern, ein paar Minuten, höchstens. In wenigen Sekunden werde ich die Haustür öffnen, normalerweise laufe ich die zwei Stockwerke hinauf, manchmal, um Mary Anns bezaubernden Duft schneller zu riechen, renne ich sogar wie eine Wilde, aber heute Nacht werde ich das alles nicht schaffen, ich bin zu geschwächt, ich arme, frierende Kitty, und wie frierend!, oh, Mary Ann, meine Liebste, nicht blau gefroren bin ich, sondern rot, rot wie fades, klebriges Johannisbeergelee sickert mein Blut aus mir heraus, ich kann mich nicht auf den Beinen halten, sie knicken ein, knicken unter mir weg wie die Beine eines Storchs, wie das Fahrwerk eines Flugzeugs bei der Landung, ich bin Zucker, der sich auflöst, eine Achterbahn, die sich ins Leere stürzt, Honig, der durch die Poren im Brot tropft, ich bin eine Verbeugung, ich bin alles, was zusammensackt, versagt und schwindet, ich werde auf die Nase fallen, du wirst mich nie mehr aufrecht stehen sehen, es ist nichts mehr da, um mein Gewicht zu tragen, auf dem Boden bin ich, oh, Mary Ann, auf dem Boden, auf den eiskalten Fliesen, wach auf, wenn du schläfst, komm schnell runter, komm sofort, ich … Ich bin nicht mehr allein, mein kleiner Schatz, er ist wiedergekommen, er beugt sich über mich, und er …

Staatsanwalt Cacciatore: Was haben Sie noch gesehen, Miss Picq?

Picq: Ich stand immer noch am Fenster, ziemlich verängstigt, und mir war ein bisschen kalt. Nach ein paar Minuten kam der Typ wieder. Er ging ganz normal, als wäre nichts. Zuerst hat er fast den ganzen Parkplatz abgesucht, dann schaute er durch die Fensterscheibe in den Drugstore, ging in Richtung Bahnhof, und schließlich verschwand er hinter dem Haus. Da habe ich natürlich nichts mehr gesehen. Aber ich habe noch zwei letzte Schreie gehört: »Hilfe! Hilfe!«

Unbeantwortete Hilferufe.

Wie Miss Picq beobachtet hatte, suchte Moseley sein Opfer tatsächlich erst auf der Long Island Railroad Station. Da er nicht wusste, wo Kitty wohnte, erschien es ihm logisch, dass sie sich an einen Ort voller möglicher Verstecke flüchtete – hinter einem Eisenbahnwaggon oder darunter, verdeckt von einem Stapel alter Bahnschwellen oder einem Getränkeautomaten oder gar in eine der großen Mülltonnen, die auf die Leerung warteten.

Trotzdem merkte er gleich, dass sie nicht da war. Sonst hätte sie sich in dem Moment, in dem sie ihn zurückkommen hörte, irgendwie verraten. Nur Tiere bleiben reglos und mucksmäuschenstill sitzen, wenn sie in Angst und Schrecken versetzt werden.

Außerdem führte eine Blutspur über den Bürgersteig am Drugstore vorbei hinters Haus. Moseley merkte, dass er nur dem schmalen roten Faden folgen musste (der sich in Wirklichkeit schon schwarz färbte), um unweigerlich bei seiner Beute zu landen.

Die blutige Fährte endete hinter dem Tudorgebäude, wo zwei Türen in zwei getrennte Hausaufgänge und zwei Treppenhäuser führten.

Moseley versuchte es mit einer der beiden Türen, doch sie war abgeschlossen. Bestimmt hatten nur die Bewohner einen Schlüssel zur Tür. Wenn sein Opfer in diesem Haus wohnte und es dem kleinen Luder gelungen war, hinter sich abzuschließen, würde sie wohl mit dem Leben davonkommen, sagte er sich.

Zum Glück für ihn war die zweite Tür offen. Kaum hatte er sie aufgestoßen, entdeckte er die junge Frau, sie lag rücklings auf dem nackten Boden, quer in einem sehr schmalen Gang.

Der Geruch von Blut – ein Geruch, der an den von Kupfer erinnert – hatte die üblichen Ausdünstungen noch nicht überlagert, die hier wie fast überall, wo die amerikanische Middle Class sich aufhält, in der Luft hingen: Warmes Packpapier, Kautschuk, künstlicher Zitronenduft, Toastbrot, Ozon, Nugat, vermischen Sie das alles, schütteln Sie es gut durch und atmen Sie tief ein, Sie sind in New York.

Kitty Genovese konnte allerdings nicht gut atmen.

Verteidiger Sparrow: Hat sie etwas gesagt, als sie Sie sah?

Moseley: Sie hat wieder angefangen zu schreien.

Verteidiger Sparrow: Und Sie, Winston, haben Sie irgendetwas zu ihr gesagt?

Moseley: Ich werde ihr wohl gesagt haben, sie soll schön brav sein, irgend so was, ich kann mich nicht genau erinnern.

Verteidiger Sparrow: Und dann haben Sie gleich wieder zugestochen?

Moseley: Ja.

Verteidiger Sparrow: Wohin haben Sie gestochen?

Moseley: Sie lag auf dem Rücken, also habe ich in ihre Brust und ihren Bauch gestochen.

Verteidiger Sparrow: Wie oft?

Moseley: Ich kann mich nicht erinnern. Vier oder fünf Mal, schätze ich.

Richter Shapiro (verbessert ihn): Neun Mal, laut dem Obduktionsbericht. Und es waren nicht zwei Stiche in den Rücken, sondern vier. Siebzehn Verletzungen insgesamt. Die tiefen Schnittwunden an der Hand nicht mitgerechnet …

Staatsanwalt Cacciatore: Verteidigungswunden, Euer Ehren.

Moseley: Natürlich! Sie hielt die Arme vor sich, um sich zu schützen.

Verteidiger Sparrow: Hat sie schließlich aufgehört zu schreien?

Moseley: O ja, als ich ihr das Messer in die Kehle gestoßen habe. Danach hat sie nicht mehr geschrien, nur noch gewimmert.

Der Verteidiger nickte und warf den Geschworenen einen raschen Blick zu, wie um die Wirkung der Worte seines Mandanten zu ermessen. Wenn ihnen eine solche Aussage nicht endgültig bewies, dass Moseley völlig geistesgestört war und demzufolge, laut Verfassung, nicht zum Tode verurteilt werden konnte, würde Sparrow sich nichts mehr wünschen, als einen anderen Beruf zu ergreifen.

Richter Shapiro: Und dann, Mr Moseley?

Moseley: Dann, Euer Ehren?

Richter Shapiro: Ja, Mr Moseley, nachdem sie aufgehört hatte, Sie mit ihren Schreien zu »belästigen«. Was haben Sie dann getan?

Zum Richteramt gehörten ein paar Kleinigkeiten, auf die man vor Aufregung an den ersten Verhandlungstagen nicht achtete, die einem jedoch nach einer Weile ziemlich auf die Nerven gingen – zum Beispiel die Tatsache, dass Richter sich zwingen mussten, den Angeklagten mit *Mister* anzureden, um ein Minimum an Respekt zu zeigen. Das galt weder für die Staatsanwaltschaft noch für die Verteidigung, sie verwendeten das *Mister* nur in einem ironischen oder spöttischen Ton. Es bedurfte Irwin J. Shapiros ganzer langjähriger Berufserfahrung, um seine Abneigung dagegen, Moseley mit *Mister* anreden zu müssen, zu verbergen.

Moseley: Also, ich habe Geräusche im Stockwerk über mir gehört, da mussten Leute von dem Lärm aufgewacht sein. Ein, zwei, vielleicht sogar drei Mal ging eine Wohnungstür auf und wurde wieder geschlossen. Ich habe einen Blick in Richtung Treppenhaus geworfen, aber niemanden gesehen. Und ich war mir sowieso sicher, dass keiner kommen würde …

Was das angeht, sollte Moseley recht behalten.

Einer der Zeugen sagte aus, er habe gesehen, wie ein Mann sich auf Kitty Genovese gestürzt und brutal auf sie eingedroschen habe, er bestätigte, gehört zu haben, dass sie rief, sie werde erstochen und würde sterben, aber merkwürdigerweise war es ihm so vorgekommen, als handle es sich um ein streitendes Paar, weiter nichts!

Ein anderer Mann sagte aus, er habe gedacht, es seien randalierende Jugendliche, wie so oft. »Man hätte diesen Radau sogar fast«, fügte er hinzu, »für eine Horde von Katzen halten können.«

(Gelächter ertönte im Saal, als jemand fragte, ob die Katzen in Kew Gardens sich dadurch auszeichneten, dass sie um Hilfe riefen und dabei erläuterten, man würde sie gerade erstechen.)

Eine Frau gab zu, ihr Mann und sie hätten bis zum Schluss aus dem Fenster geschaut, und sie erklärte, sie habe ihrem Mann, der geneigt war einzugreifen, untersagt, sich in Dinge einzumischen, die ihn nichts angingen.

Eine andere Frau sagte, es sei in dieser Nacht einfach entschieden zu kalt gewesen, um auch nur einen Fuß vor die Tür zu setzen.

Ein Mann gab an, er habe das Radio eingeschaltet und die Lautstärke aufgedreht, um die verzweifelten Hilferufe nicht mehr zu hören.

Und so weiter.

Richter Shapiro: Fahren Sie fort, Mr Moseley.

Moseley: Sie hörte auch auf zu zappeln, Euer Ehren. Als sie sich nicht mehr wehrte, habe ich ihren Rock hochgeschoben und ihre Unterhose zerfetzt. Das Oberteil habe ich ihr vom Leib gerissen oder ebenfalls zerfetzt, das weiß ich nicht mehr. Und ich habe ihren BH zerschnitten.

Moseley erzählte, dass sein Opfer Pölsterchen im BH trug, um ihren Busen besser zur Geltung zu bringen. Eines der Polster sei blutbefleckt gewesen, und er habe es in eine Ecke geworfen.

Kitty trug außerdem ein blutiges Tampon, doch es sei »normales« Blut gewesen, Menstruationsblut. Moseley sagte, er wisse nicht, wieso, aber er habe sich darüber geärgert. Er nahm sein Messer wieder in die Hand und führte es in die Scheide des Opfers ein, wollte es so tief wie möglich hineinstoßen – vielleicht als Strafe, weil sie ihre Periode hatte, denn er liebte es über alles, Frauen zu lecken, aber natürlich nicht, wenn sie ihre Tage hatten, derart verabscheuungswürdige Praktiken reizten ihn nicht.

Als Irwin Shapiro darauf hinwies, dass der Rechtsmediziner Dr. Benenson keine Spur einer solchen Verletzung gefunden habe, erklärte Moseley, er sei fast sofort auf einen Knochen gestoßen.

Als er bemerkte, dass Kitty sich kaum mehr bewegte, habe er große Lust bekommen, sie zu vergewaltigen.

Er habe einen seiner Handschuhe ausgezogen (die er immer trug, wenn er sich zu Einbrüchen, Vergewaltigungen und Morden aufmachte) und seinen Hosenstall geöffnet. Er habe seinen Penis herausgeholt und sich auf Kitty gelegt.

Staatsanwalt Cacciatore: Hat sie nicht reagiert?

Moseley: Doch, sie hat wieder angefangen zu wimmern.

Kitty lebte noch. Bei jedem ihrer Atemzüge entfaltete sich an ihrer Kehle, bei der Einstichstelle, ein wenig blutiger Schaum, zog sich wieder zusammen und entfaltete sich erneut.

Es muss ein schauerlicher Anblick gewesen sein, krankhaft und morbid, wahrscheinlich also erregend für Moseley – dennoch reichte seine Erektion nicht aus, um sein Opfer zu penetrieren. Was ihn nicht daran hinderte, zum Höhepunkt zu kommen.

Moseley: Erst dann kam ich auf die Idee, alles mitgehen zu lassen, was sie bei sich hatte. Ich nahm alles an mich, was in ihren Taschen war, Schlüssel, eine Pillenschachtel, Schminksachen und ihren Geldbeutel mit neunundvierzig Dollar darin.

Er nahm auch das blutbefleckte Polster an sich, das er zunächst weggeworfen hatte; er wusste nicht mehr, ob er es angefasst hatte, bevor oder nachdem er seinen Hosenstall aufgemacht hatte, ob er es also mit der nackten Hand berührt hatte oder mit dem Handschuh, und er fürchtete, Fingerabdrücke darauf hinterlassen zu haben. Also nahm er es vorsichtshalber mit.

Dann vergewisserte er sich, dass niemand die Treppe herunterkam, um ihm den Weg zu versperren. In der Tat rumorte es ziemlich im Stockwerk über ihm – er hörte Leute reden, ein Baby weinen –, doch niemand ließ sich blicken. Da machte er einen großen Schritt über die Leiche hinweg und entfernte sich in aller Ruhe vom Tatort.

Die Kälte draußen überraschte Moseley. Es schien ihm, als sei die Temperatur noch um ein paar Grad gesunken. Doch er erklärte es sich mit dem Unterschied zwischen der kalten Nacht und der warmen Luft in dem schmalen Gang sowie mit dem Schwinden – als würde sie verdunsten, dachte er – aller nervösen Anspannung, die sich in ihm angestaut hatte, seit er von zu Hause aufgebrochen war.

Der Gedanke an sein Zuhause erweckte den Wunsch in ihm, so schnell wie möglich wieder dort zu sein, schön im Warmen in seinem Bett. Dennoch zwang er sich, auf der anderen Seite um das Gebäude herumzugehen als auf der, über die er gekommen war, um sein Werk zu vollenden und Kitty zu vergewaltigen. Er blieb sogar einen Augenblick an der Ecke Austin Street und Lefferts Boulevard stehen, vergewisserte sich, dass ihn weder eine Menschenansammlung noch irgendwelche verdächtigen Fahrzeuge erwarteten.

Er sah nur einen Molkereilaster, dessen Fahrer eine Lieferung vor einem Deli ablud.

Der Lieferant, ein gewisser Edward Fiesler, sah Moseley ebenfalls. Er wunderte sich, dass jemand in einer derart eisigen Nacht und um diese nachtschlafende – oder vielmehr frühmorgendliche – Zeit zu Fuß unterwegs war: Es war etwa zehn vor vier, Moseley hatte Kitty Genovese also vor fünfunddreißig Minuten erstmals angegriffen – doch Fiesler war es, wie alle, die nachts in den Straßen von New York arbeiten, gewohnt, seltsame Dinge zu erleben, also machte er sich weiter keine Gedanken darüber.

Der Mörder kehrte in die 82nd Street zurück, wo der Corvair auf ihn wartete. Der Wagen sprang sofort an, und Moseley bog in die Austin Street ein. Als er am Parkplatz an der Long Island Railroad Station vorbeikam, kurbelte er das Fenster auf der Beifahrerseite hinunter, um Kittys Schminksachen und ihre Pillenschachtel wegzuwerfen, sie waren nämlich aus Plastik oder Glas, Materialien also, bei denen eine flüchtige Berührung genügte, um Fingerabdrücke zu hinterlassen. Auf dieselbe Weise entledigte er sich der Schlüssel. Er war völlig klar im Kopf, dachte er, Herr über sich und die Lage. Das blutbefleckte Polster behielt er bis zur Hillside Avenue bei sich, wo er sich fast widerwillig davon trennte.

Als er ein Stück weiter auf der Hillside an einer Ampel bremste, fiel ihm ein an der Kreuzung stehendes Auto auf. Der Fahrer hatte den Kopf auf den Lenker gelegt und schlief. Die Heizung war zu stark aufgedreht, und die Scheiben waren beschlagen. Weil Moseley der Meinung war, dass ein stillstehendes Auto an einer Kreuzung eine Gefahr darstellte, stieg er aus, trommelte aufs Dach und weckte den Fahrer. Dieser bedankte sich bei ihm.

Richter Shapiro: Hatten Sie Ihr Messer bei sich, als Sie zu dem Mann gingen?

Moseley: Ja, natürlich.

Richter Shapiro: Warum haben Sie ihn nicht getötet?

Moseley: Warum sollte ich, Euer Ehren? Ich hatte keinen Grund, ihn umzubringen.

Richter Shapiro: Die neunundvierzig Dollar, die Sie Kitty Genovese weggenommen haben, haben Sie nicht weggeworfen?

Moseley: Das wäre doch ziemlich dumm gewesen. Wer wirft schon Geld weg?

Richter Shapiro: Ausnahmsweise bin ich ganz Ihrer Meinung, Mr Moseley. Also sind Sie nach Hause zurückgekehrt und haben das Messer gründlich abgespült. Schlief Ihre Frau noch?

Moseley: Sie hat einen tiefen Schlaf.

Sie *hatte* einen tiefen Schlaf. Seit Moseleys Festnahme wachte sie jede Nacht mehrmals auf, weinte, machte aber das Licht nicht an, wozu auch? Im Mondlicht schimmerten ihre Tränen auf der schwarzen Haut seltsam bläulich.

Richter Shapiro: Haben Sie jemandem erzählt, dass Sie gerade eine Frau getötet haben?

Moseley: Nein, das ist allein meine Sache, es geht niemanden etwas an.

Er legte sich ins Bett und schlief fast augenblicklich ein, taub für die Geräusche der Stadt, die langsam wieder lauter wurden, erneut beherrscht vom schrillen Plärren der Einsatzwagen – halb fünf Uhr morgens, die Zeit, in der die Zahl der Herzinfarkte wieder zunimmt, die Zeit, in der man entdeckt, welche Verwüstungen die Nacht in der Stadt hinterlässt, wenn sie sich zurückzieht wie das Meer, das sich bei Ebbe toter Fische, verwesender Muscheln, zerdrückter Plastikflaschen mit einem Bodensatz von Shampooresten, spiralförmiger Orangenschalen, Dieselschlieren und zerbrochener Obstkisten entledigt.

Kitty Genovese gehörte zum Strandgut der Nacht.

SEIT ACHT JAHREN WOHNTE SOPHIE FARRAR, Anfang dreißig und Mutter eines Babys, in der Austin Street 82-70. Sie lebte in der Wohnung neben der von Kitty und Mary Ann.

Als Moseley ihre Nachbarin erstmals angriff, hörte sie so laute Schreie, dass sie und ihr Kind davon aufwachten. Nicht die Lautstärke der Schreie, sondern die Tatsache, dass sie so verzweifelt klangen, alarmierte sie, und darum sprang sie mit einem Satz aus dem Bett und stürzte an ihr Fenster zur Austin Street. Sie schaute hinaus und wischte immer wieder die von ihrem Atem, vom Schlaf ein wenig schal geworden, beschlagenen Scheiben frei. Draußen in der Nacht konnte sie nichts Beunruhigendes entdecken.

Sie legte sich wieder hin, schlief aber nicht ein. In den Schreien, die sie gehört hatte, lag etwas, was ihr das Blut in den Adern gefrieren ließ. Sie versuchte sich einzureden, dass es kämpfende Katzen gewesen waren, die klagten oder drohten manchmal auf eine solche Weise, dass es einem Schauder über den Rücken jagte. Und wenn es keine Katzen waren, dachte sie, war es vielleicht nur ein Albtraum.

Doch nach einer Weile musste sie noch einmal aufstehen. Diesmal wegen eines Telefonanrufs. Er kam von einem gewissen Karl Ross, einem anderen Nachbarn aus dem Tudorhaus.

Er war es, den Moseley seine Wohnungstür hatte öffnen hören, als er Kitty im Gang wiederfand und sich erneut über sie hermachte.

Karl Ross hatte sich übers Treppengeländer gebeugt und seine junge Nachbarin da unten liegen sehen sowie Moseley, der über ihr stand und brutal auf sie einstach.

Ross kannte sie gut. Er besaß einen auf Pudel spezialisierten Hundesalon und hatte Kitty einen Welpen verkauft, nach dem er sich jedes Mal erkundigte, wenn er sie sah.

Karl Ross blieb nicht tatenlos, aber es ist eine berechtigte Frage, warum er eine so komplizierte Vorgehensweise wählte: Zunächst kehrte er in seine Wohnung zurück und verriegelte die Tür sorgfältig, dann griff er zum Telefonhörer – doch anstatt die Polizei zu rufen, wählte er die Nummer seiner Freundin in Nassau County. Sie schlief tief und fest und brauchte eine halbe Ewigkeit, um ans Telefon zu gehen. Als sie das mitten in der Nacht unter Liebenden übliche Geplänkel hinter sich gebracht hatten, beschrieb Ross ihr, was er gerade gesehen hatte. Und fragte sie, was er, ihrer Meinung nach, tun solle.

Die Antwort seiner Freundin kam ebenso prompt, wie sie entschieden war: Nichts! Er solle um Himmels willen nichts tun, sich bloß nicht in diese Angelegenheit hineinziehen lassen!

Ross versuchte zwar, sie zu überzeugen (bestimmt gab es ihm das beruhigende Gefühl, aktiv zu werden, etwas zu unternehmen), doch seine Partnerin blieb dabei. Sie verlangte, dass er wieder ins Bett ging – sie jedenfalls hoffe, dass sie wieder einschlafen könne –, und legte grußlos auf.

Karl Ross wusste sehr wohl, dass das, was er da gesehen hatte, schlimm war und dass es ihm, trotz der dezidierten Meinung seiner Freundin aus Nassau County, nicht möglich sein würde, nichts zu tun, ohne gegen die Regeln des Anstands zu verstoßen. Er dachte nach und kam zu dem Schluss, dass er den Rat seiner Freundin befolgen und dennoch gleichzeitig die Dinge vorantreiben konnte, indem er Kittys Nachbarin anrief.

Und so klingelte das Telefon bei Sophie Farrar. Die Karl

Ross kurz zuhörte, bis sie begriff, worum es ging, das Gespräch mit ihm dann sofort abbrach und die Polizei rief – die 911 gab es damals noch nicht, der Fall Kitty Genovese war einer der Gründe, diese zentrale Notrufnummer einzurichten, mithilfe derer Tausende von Menschenleben gerettet wurden. Sie verlangte, dass Beamte hergeschickt wurden, vor allem aber ein Krankenwagen.

Als man sie aufforderte, klar und deutlich zu sprechen, ihren Namen zu nennen sowie andere Dinge, auf die Behörden großen Wert legen, fuhr Sophie Farrar aus der Haut: Die Bullen sollten erst einmal kommen, und dann würde sie ihnen gern jede Auskunft geben, die sie brauchten.

Sie hatte jetzt Wichtigeres zu tun, als ihre Zeit am Telefon zu vergeuden.

Obwohl sie klein, zierlich und schmal war und vor allem, obwohl sie nicht wusste, ob der Typ mit seinem Messer in der Hand noch da war, stürzte Sophie Farrar sofort aus ihrer Wohnung und eilte Kitty zu Hilfe.

Es war kein schöner Anblick, der sich ihr unten im Gang bot. Man konnte nur relativ wenig Blut sehen (der größte Teil war in Kittys Kleidung gesickert, durch die Moseley immer wieder zugestochen hatte, oder es war unter sie geflossen, wo es eine große Lache bildete), doch die außerordentliche Blässe der Nachbarin, ihr flacher Atem und ihre verrenkten Gliedmaßen genügten, um zu erkennen, dass sie in einem lebensbedrohlichen Zustand war.

Das Einzige, was Sophie für Kitty tun konnte, war, sich neben sie zu knien, sie wie ein Baby zu wiegen und ununterbrochen zu wiederholen: »Es wird alles wieder gut, Kitty. Halt durch, der Notarzt kommt.«

Die Polizei und der Krankenwagen trafen tatsächlich weniger als fünf Minuten nach dem Anruf von Sophie ein. Diese streichelte weiter das Gesicht ihrer Nachbarin, bis sie auf eine Bahre gelegt und zu dem Krankenwagen gebracht wurde, der sofort in Richtung Krankenhaus aufbrach.

Dann erst brach Sophie Farrar in Tränen aus.

Die Verletzungen, die Moseley ihr zugefügt hatte, waren zu zahlreich und zu tief, vor allem die letzten, und Kitty hatte zu viel Blut verloren, um zu überleben. Sie starb auf dem Weg zur Notaufnahme.

In ihrer Wohnung im Tudorhaus schlief Mary Ann wie ein Stein. Sie hatte nichts gehört. Gegen vier Uhr morgens klopften Polizeibeamte bei ihr. Da sie nicht ahnten, was die beiden Frauen einander bedeuteten, hielten sie Mary Ann für Kittys Mitbewohnerin und brachten ihr die Neuigkeit ohne jede Rücksichtnahme bei. Es ist allerdings fraglich, ob sie, angesichts der damals vorherrschenden Haltung zu Homosexualität, mehr Mitgefühl gezeigt hätten, wenn ihnen die Wahrheit bekannt gewesen wäre. Aber im Augenblick stand ihnen ohnehin niemand anders für die offizielle Identifizierung der Leiche zur Verfügung, und sie hatten gar keine Zeit, sensibel vorzugehen.

Die Polizisten trieben Mary Ann zur Eile an, sagten ihr, sie solle sich rasch anziehen, was sie widerspruchslos tat, weil sie vollkommen unfähig war zu denken. Auf dem Weg ins Krankenhaus erzählten die Ermittler ihr alles, was sie wussten, doch das war so gut wie nichts. Allerdings fügten sie hinzu, sie hofften sehr, bald mehr zu erfahren, denn einige Bewohner der Nachbarhäuser hätten bereits behauptet, Zeugen des Mordes gewesen zu sein. Kollegen seien vor Ort geblieben und nähmen die ersten Aussagen auf. Zahllose und wortreiche Aussagen: Das Schweigen, in das sich die Menschen während Kittys Martyrium gehüllt hatten, war nun nicht mehr opportun. Und obwohl die Tragödie sich mitten in der Nacht in einem bekanntermaßen ruhigen Viertel abgespielt hatte, sah es so aus, als würden die Ermittlungen bald unter einem Berg von Zeugenaussagen begraben werden – alle Welt wollte etwas gesehen oder gehört haben, *jetzt* wollten auf einmal alle mitreden.

Als Mary Ann im Queens General Hospital eintraf, war Kitty noch in der Notaufnahme, wo ein Arzt im Praktikum ihren Tod festgestellt hatte. Sie war bis übers Gesicht von einem weißen Laken bedeckt. Der Arzt hob das Laken an und Mary Ann nickte nur. Ja, es handele sich um Catherine Susan Genovese, ihre Mitbewohnerin.

Sie verließ die Notaufnahme und fand sich im Hof des Krankenhauses wieder. Es gab Bänke dort, sie setzte sich. Es war immer noch bitterkalt, doch sie spürte es nicht. Dabei trug sie nicht etwa warme Kleidung, sie hatte nur rasch das angezogen, was ihr als Erstes zwischen die Finger gekommen war. Sie empfand nichts, dachte nichts, fiel nur in Zeitlupe in ein unendlich tiefes, pechschwarzes, vollkommen stilles Loch.

Ein Polizist trat zu ihr – einer von denen, die sie hergebracht, sie in diesen Albtraum geführt hatten – und sagte, ein Polizeiwagen stünde bereit, um sie nach Hause zu begleiten, doch Mary Ann zeigte nur auf das Krankenhaus und sagte: »Vielen Dank, aber ich warte hier auf sie.«

Sie sprach von Kitty.

Zur selben Zeit standen zahlreiche Menschen draußen auf der Austin Street. Menschen, die sich rasch etwas übergeworfen hatten, aus ihrer Wohnung gekommen waren, vom Blaulicht angezogen wie die Motten vom Licht, sie bewegten sich im Kommen und Gehen so ruckartig wie Nachtfalter, ihre Morgenmäntel hatten dieselben wolligen Farbtöne wie die dicken Flügel von Nachtpfauenaugen.

Anthony Corrado erzählte allen, die es hören wollten, er habe mit seiner Bemerkung, dass man sich mit den beiden im Haus sicher nicht langweilen würde, als er Mary Ann und Kitty das erste Mal sah, absolut nicht an so etwas gedacht.

Auf der Straße standen auch ein Vater und sein Sohn. Dieser erzählte gerade, er habe seinen Vater die Null für die Telefonzentrale wählen sehen, und das bereits zu Beginn des Überfalls, doch der Vater habe sich – es war in New York doch immer dasselbe – mehrere Minuten gedulden müssen, vielleicht fünf, ehe der Telefonist ihn mit dem Dispatcher der Polizei verband, dem er schließlich erzählen konnte, was er beobachtet hatte: einen Typen, der eine Frau angegriffen habe, aber der Typ sei inzwischen abgehauen und die Frau ebenfalls verschwunden.

»Also ist jetzt alles vorbei?«, habe der Dispatcher gefragt.

»Tja ... Es sieht ganz so aus, ja.«

Daraufhin habe der Dispatcher den Zwischenfall als »versuchten Überfall« eingestuft und nicht bei den laufenden Ermittlungen abgelegt. Fall erledigt. Im Übrigen war bis zu Sophie Farrars Anruf keiner der Polizisten in der Gegend über irgendeinen Vorfall in Kew Gardens informiert worden (zu der Zeit, als Moseley Kitty zusammengebrochen in dem Gang wiederfand und sie erneut angriff, waren mehrere Streifenwagen ganz in der Nähe).

Und nun schwirrten all diese Leute auf der Straße herum und zankten sich, wer den Ermittlern als Erster seinen Namen, seine Adresse und Telefonnummer geben durfte. So erfüllt waren sie von dem Wunsch, der Polizei zu helfen, sich nützlich zu machen.

Gegen fünf Uhr morgens bog der Chevrolet des NYPD, der Mary Ann vom Krankenhaus wieder nach Hause brachte, auf den Parkplatz an der Long Island Railroad Station ein, um sie so nah wie möglich bei ihrer Eingangstür abzusetzen. Als Mary Ann ausstieg, hielt einer der Polizisten das übliche gelbe Flatterband zum Absperren des Tatorts hoch, damit sie sich nicht bücken musste – sie sah so aus, als würde sie jeden Moment zusammenbrechen, unter der Last ihres dichten blonden Haarschopfes, den sie keine Zeit gehabt hatte zu kämmen, und der junge Polizeibeamte hatte noch gedacht, sie könnte den Kopf vielleicht für lange Zeit nicht mehr heben, wenn sie ihn jetzt beugte, um unter dem gelben Band hindurchzuschlüpfen.

IN DER 102ND STREET WAR RAOUL CLARY soeben mit dem Rasenmähen fertig geworden und atmete glücklich den Duft des frisch gemähten Grases ein. Zum ersten Mal in diesem Jahr. Er wollte sich zur Feier des Tages einen grünen »Gras-Cocktail« gönnen, den er selbst erfunden hatte, eine Mischung aus Rum, Orangensaft und Blue Curaçao.

Als Clary seinen McCulloch-Rasenmäher ausschaltete, sah er einen Schwarzen mit einem riesengroßen Fernseher aus der Nachbarvilla – der von Everett Bannister – kommen. Er sagte sich, dass das Gerät wohl kaputtgegangen war und dieser Typ der Techniker sein musste, der ihn in seiner Werkstatt reparieren sollte. Doch dann fiel ihm ein, dass er den Fernseher der Bannisters gestern noch bis tief in die Nacht gehört hatte – eine kriminologische Tafelrunde über den Doppelmord an Janice Wylie und Emily Hoffert, über die Frage, ob es sich um denselben Mörder wie im Fall der kleinen Genovese handele, die sechs Tage zuvor brutal niedergestochen worden war. Der Modus Operandi war ein anderer gewesen, die Grausamkeit dieselbe.

Raoul Clary rief den Schwarzen herbei und fragte ihn ziemlich schroff, was er mit dem Fernseher vorhabe. Der Typ, der wegen der Größe und des Gewichts des Apparats nach hinten gelehnt stehen blieb, antwortete, er helfe »diesen Leuten da« – und er zeigte mit dem Kinn in Richtung des Bungalows der Bannisters – beim Umzug.

»Aha, ich verstehe«, sagte Clary und setzte ein strahlendes Lächeln auf. »Nett von Ihnen!«

»Solidarität«, sagte der Schwarze. »Man weiß ja, wie das ist.«

Clary wusste vor allem, dass die Bannisters nicht vorhatten umzuziehen.

Während der Schwarze den Fernseher auf den Beifahrersitz lud (im Kofferraum und auf dem Rücksitz war kein Platz mehr, es war sein dritter Einbruch heute, und die Ausbeute war ziemlich gut gewesen), murmelte Clary, dass sein Mc-Culloch Öl brauche, und unter dem Vorwand, sich einen Kanister bei Freunden auszuleihen, überquerte er die Straße.

Tatsächlich bat er die Nachbarn, der Polizei umgehend einen laufenden Einbruch zu melden, während er selbst die Gelegenheit nutzte, dass der Schwarze in den Bungalow der Bannisters zurückgekehrt war, um die Batterie seines Autos abzuklemmen und ihn so daran zu hindern abzuhauen.

Der Schwarze blieb nicht lange im Haus, Clary hatte kaum Zeit, die Motorhaube zu öffnen und das Zündkabel zu durchtrennen.

Diesmal verließ der Mann die Villa mit leeren Händen. Er machte einen nervösen Eindruck und schien es eilig zu haben, sich aus dem Staub zu machen. Er setzte sich ans Steuer und drehte den Zündschlüssel noch mit offener Wagentür herum. Vergeblich betätigte er den Anlasser. Er gab bald auf, versuchte nicht einmal, die Ursache für die Panne herauszufinden. Sein unruhiger Blick, als er aus der Villa gekommen war, wich einem panischen Gesichtsausdruck.

Raoul Clary tat, als würde er sich um seinen Rasenmäher kümmern, und ließ den Mann dabei nicht aus den Augen, er sah ihn aussteigen, die Beine in die Hand nehmen und hinter dem Haus der Bannisters verschwinden.

Clary hoffte, dass seine Freunde auf der anderen Straßenseite die Polizei erreicht hatten und dass sie bald eintreffen würde. Die Bauarbeiten für die Weltausstellung in New York, die in weniger als einem Monat eröffnet werden sollte, und das damit einhergehende Durcheinander im Flushing-Meadows-Park boten einem Flüchtigen auf der Suche nach einem Versteck nämlich gute Chancen, ungeschoren davonzukommen.

Zum Glück erschien die Polizei sofort – die Ironie des Schicksals wollte es, dass der Zeuge des Diebstahls eines Fernsehers schneller reagierte als die Menschen, die sechs Tage zuvor das lange Martyrium und die Ermordung einer jungen Frau direkt unter ihren Fenstern miterlebt hatten.

Nach einer kurzen Verfolgungsjagd bekamen sie den Täter auf einem ehemaligen Sportplatz zu fassen, den Brennnesseln, Glasscherben und Schutt von nahe gelegenen Baustellen nach und nach in eine illegale Müllkippe verwandelt hatten. Man kam dort nur mühsam voran, und so war es den Polizisten ein Leichtes, den Verdächtigen zu Boden zu werfen, seinen Kopf unter den Fußsohlen eines Rangers zu fixieren und ihm Handschellen anzulegen.

Beim Verhör sagte der Mann aus, er heiße Winston Moseley und habe noch nie etwas mit der Polizei zu tun gehabt – was sich nach kurzer Überprüfung als wahr herausstellte. Er erklärte, es sei nicht einfach, das Darlehen für ein Haus zu tilgen, die Ansprüche einer vierundzwanzigjährigen Frau und zweier Kinder zu erfüllen, sich fünf deutsche Schäferhunde zu halten und zwei Autos, das alles koste sehr viel Geld. Also habe er Fernseher gestohlen, um sie über das Geschäft seines Vaters, *Radio & TV Repairs*, weiterzuverkaufen – doch Moseley betonte, dass sein Vater nicht die geringste Ahnung habe, woher die Geräte stammten, die er ihm zum Verkauf überlasse.

Der Einbruch in der 102nd Street war nicht sein erster Versuch. Moseley gab zu, schon viele andere Einbruchsdiebstähle verübt zu haben. Vielleicht an die fünfzig. Schwer zu sagen. Er habe sich außerdem nicht damit begnügt, Häuser zu plündern: Er vergreife sich auch gern an Frauen, besonders wenn sie so verängstigt seien, dass sie sich nicht wehrten. Dann zwinge er sie, ihm alles Geld zu überlassen, das sie bei sich hatten, und vergewaltige sie anschließend.

In dem Moment sah einer der Kriminalbeamten, die ihn verhörten, einen Zusammenhang zwischen dem weißen Corvair voller Diebesgut, den sie auf der 102nd Street wiedergefunden hatten, und dem, den Zeugen von Kittys Tod in der Mordnacht erst in der Austin Street und später in der 82nd Street gesehen haben wollten. Auf gut Glück fragte der Polizist Moseley, ob er etwas mit dem Mord zu tun habe.

In demselben ruhigen Ton, in dem er ihnen soeben erzählt hatte, wie er seinem Vater gestohlene Fernseh- und Radiogeräte unterjubelte, bekannte sich Moseley zum Mord an Kitty Genovese.

Er fügte hinzu, er habe ebenfalls Annie Mae Johnson und die junge Barbara Kralik umgebracht. Allerdings habe er nichts mit dem Doppelmord an Janice Wylie und Emily Hoffert zu tun.

Als die Polizisten des 112. Reviers ihn in die Zelle abführten, bat Moseley darum, dass sie ihm etwas über den Kopf warfen, das sein Gesicht verdeckte – seine Jacke, eine Decke, ein Taschentuch, irgendetwas –, damit man ihn nicht filmen oder fotografieren konnte.

»Ich denke an meinen alten Vater«, erklärte er ihnen.

»Und an meine Frau und meine Kinder. Ich bin nicht gerade scharf darauf, dass sie mein Bild in der Zeitung sehen – ich bin nicht eben stolz auf das, was ich gemacht habe ...«

Zu Dr. Oscar Diamond, der sein psychiatrisches Gutachten erstellte, sagte Winston Moseley, er habe schon immer gewusst, dass man ihn bestrafen würde, wenn man ihn erwischte – er würde auf dem elektrischen Stuhl landen, daran hatte er nicht den geringsten Zweifel, und er hatte eine sehr genaue und korrekte Vorstellung davon, welche Qualen man da litt. Dennoch war er nicht der Meinung, dass diese drei Morde etwas Verwerflicheres waren, als wenn er einen Brummer totschlug, der sich in die Reichweite seiner Fliegenklatsche wagte.

In seinen Augen hatten Annie Mae, Barbara und Kitty denselben Fehler begangen wie eine Fliege: Sie waren ihm zu nahe gekommen. Folglich hatte er sie getötet.

NACHDEM DIE STAATSANWALTSCHAFT und die Verteidigung ihre Plädoyers gehalten hatten, forderte der Richter Irwin Shapiro die Geschworenen am Abend des 11. Juni auf, sich zur Beratung zurückzuziehen.

Guila und ich bewunderten die zwölf Männer und Frauen dafür, wie unerschütterlich sie während der viertägigen Verhandlung geblieben waren. Sie hatten sich keine Gefühlsregung anmerken lassen, während es uns manchmal fast den Magen umgedreht hätte. Allerdings trugen sie trotz der Hitze ab dem zweiten Tag langärmlige Kleidung, um die Gänsehaut zu verbergen, die sie bei manchen Beschreibungen bekamen.

Wir gaben keinen Pfifferling auf Moseley, die Frage war nur, wie viel Zeit er im Todestrakt verbringen würde, bevor er auf den elektrischen Stuhl kam. Wenn er eingesehen hatte, dass er den Rest seines Lebens in einem zwei mal zwei Meter fünfzig großen Geviert verbringen würde und erst zu seiner Hinrichtung wieder herauskäme, würde er vielleicht die ersten Jahre seiner Haft – die, in denen er noch leben könnte, ohne zu zählen, wie viele Tage ihm blieben – nutzen, um ein Buch zu schreiben. Die meisten der zum Tode Verurteilten taten das, wenn sie nicht gerade hirnlose Rohlinge waren; so verdienten sie etwas Geld für ihre Familie, verschafften sich innerhalb wie außerhalb der Gefängnismauern ein wenig Respekt und gewannen Bewunderer, die in der Nacht ihrer Hinrichtung aufrichtige Tränen um sie vergossen. Ich sah schon die Auslagen der Buchhandlungen vor mir: Die armseligen Abenteuer meines lieben Haskèl und seiner künstlichen Kartoffeln würden nicht gegen Winston Moseleys Bestseller ankommen.

»Moseley, dieser Dreckskerl, kann gar nicht so viel Talent haben wie Caryl Chessman«, sagte Guila, die gerade *Todeszelle 2455* gelesen hatte, »es sei denn, du bietest ihm an, das verdammte Buch für ihn zu schreiben. Warum auch nicht? Schließlich schlagen sich renommierte Anwälte darum, Typen wie ihn zu verteidigen, nur um ihr Renommee weiter auszubauen. Warum sollten Schriftsteller es also nicht genauso machen?«

»Ich bin kein Schriftsteller, ich versuche nur gerade, genügend Wörter aneinanderzureihen, um ein Buch zusammenzubekommen. Bestimmt das erste und einzige Buch meines Lebens, so wie Betty Grable die Forelle meines Lebens war.«

Ich hatte sie so getauft, weil sie, in dem Moment, als ich sie aus dem Gunnison River holte, eine Bewegung gemacht hatte, die mich an die echte Betty Grable erinnerte, den Star aus *Diamond Horseshoe* und *Dolly Sisters*, an die Pose, die sie für das Bild, das sie zum Maskottchen der GIs im Zweiten Weltkrieg machte, einnahm.

Als ich Betty an Land holte, hatte ich zunächst vor, sie vom Angelhaken zu befreien und ins Wasser zurückzusetzen. Sie hatte es verdient. Der Widerhaken hatte ihr Maul nicht verletzt, und ich konnte ihn mit Leichtigkeit herauslösen. Doch Betty war erschöpft, sicher weil sie sich bei dem langen Zweikampf mit mir so verausgabt hatte. Ich weiß nicht, ob ein Forellenherz versagen kann wie das eines Menschen, doch ich behaupte, dass meine Betty Grable an einer Art Herzinfarkt gestorben ist. Während sie zwischen Leben und Tod schwebte, stiegen mehrere ihrer Artgenossen – sieben oder acht, wenn ich mich nicht täuschte – vom Grund auf und kamen ihr entgegen, stupsten sie sanft mit dem Maul an, gaben ihr kleine Küsschen, um sie in die Tiefe des Flusses zu dirigieren.

Fische, die mehr Mitgefühl zeigen als Menschen – das wäre eine gute Schlagzeile für Martin Gansberg gewesen.

Während die Journalisten in einen Wettstreit traten, wer als Erster bei seiner Redaktion anrief, wurde Moseley bis zur Urteilsverkündung in eine Zelle im Untergeschoss gesperrt. New York erstickte unter einer Glocke graugrünen, feuchten Lichts – ich bin mir zwar nicht sicher, ob Licht feucht sein kann, doch ich würde nicht zögern, das in meinem Roman über Haskèl zu schreiben, weil man so schreiben soll, wie man lebt, weil Angler nun einmal alles nach Kriterien wie Luftfeuchtigkeit bemessen und weil ein fader Geruch vom Fluss dieses Grünlichwerden des Himmels begleitet, das ein Gewitter ankündigt.

Der Saal leerte sich. Die Leute gingen, zutiefst erschüttert und enttäuscht. Im Rückblick waren sie vielleicht sogar eher enttäuscht als erschüttert. Es frustrierte sie, dass sie die Aussage von Karl Ross nicht gehört hatten, und sie konnten nicht begreifen, warum er es der zarten Sophie Farrar überlassen hatte, Kitty zu Hilfe zu eilen. Und sie hätten gern den Angestellten gehört, der in Mowbray House den Aufzug bediente (es handelte sich um ein luxuriös ausgestattetes Haus, also verfügte Mowbray in der Tat rund um die Uhr über die Dienste eines Fahrstuhlführers). Da er sich vor seinem Aufzug langweilte, während er auf das unwahrscheinliche Auftauchen nächtlicher Fahrgäste wartete, hatte er durch die Fensterfront in der Eingangshalle auf die Austin Street geschaut, genau auf den erleuchteten Teil der Straße, wo Moseley sein Opfer zum ersten Mal angriff. Also hatte er besser als jeder andere erkennen können, was da vor sich ging. Und darum hätte man sich wirklich gewünscht zu hören, warum er nichts anderes zu tun gehabt hatte, als aufzustehen, in seinen kleinen Aufenthaltsraum zu gehen, sich dort hinzulegen und sofort einzuschlafen, ohne das Telefon neben dem Bett anzurühren.

Diese Zeugen hatten das Gesicht und manche Bewegungen des Mörders eindeutig gesehen – Charles Skoller, der zusammen mit Frank Cacciatore die Staatsanwaltschaft vertrat, war der Meinung, dass der Fahrstuhlführer sogar das Aufblitzen der Klinge gesehen haben musste, als Moseley auf Kitty losging. Karl Ross und der Aufzugführer wären normalerweise ein Geschenk des Himmels für die Anklage gewesen. Doch Cacciatore und Skoller wollten beide, dass Moseley zum Tode verurteilt wurde, und mit diesen beiden Zeugen verhielt es sich wie mit allen anderen, die die Staatsanwaltschaft lieber nicht in den Zeugenstand rief: Durch ihre Feigheit und Untätigkeit riskierte man, einen Teil des Abscheus auf sie zu lenken, von dem Cacciatore sich wünschte, dass die Geschworenen ihn nur für Winston Moseley empfanden, damit sie ihn als Monster abstempelten, das es nicht verdiente, als Mensch unter Menschen zu leben.

Es war so heiß, dass jeder einigermaßen vernunftbegabte Geschworene es eilig haben musste, zu einem Ergebnis zu gelangen, was einfach schien, weil die Staatsanwaltschaft so viele unwiderlegbare Beweise von Moseleys Schuld angehäuft hatte. Doch in letzter Zeit gab es immer mehr Menschen, die sich an den *Zwölf Geschworenen* von Sidney Lumet orientierten und wie diese zu zweifeln und alles auf die Goldwaage zu legen begannen.

Dennoch war Gansberg der Meinung, wir sollten uns nicht allzu weit entfernen: Die Geschworenen seien sich, wie er sagte, bewusst, dass der Mord an Kitty Genovese nicht mehr den Rang einer Lokalnachricht, sondern nationale Bedeutung habe, und sie würden die Millionen von Menschen nicht enttäuschen wollen, die von ihrer Justiz erwarteten, schnell zu handeln, Strenge walten zu lassen und die junge Italoamerikanerin zu rächen, die lateinamerikanische Musik so sehr liebte und so gut zu Liedern von Arsenio Rodríguez und Johnny Pacheco tanzte, dass sie über den Tanzboden zu schweben schien, über den Asphalt, auf den geteerten Dächern der Wohnhäuser. Man nannte sie den *angelo piccolo*, den kleinen Engel, mit Beinen wie Trommelstöcke, die den Takt des Lebens angaben.

Gansberg riet uns, eine Kleinigkeit in einer Imbissbude auf dem Boulevard ein paar Blocks vom Gericht entfernt zu essen. Er wolle versuchen dazuzustoßen, sobald er mehr wusste, werde uns sonst aber anrufen.

Während wir auf das Essen warteten (wir hatten zu Ehren von Kitty und ihrer Familie das Menü *Italian style* bestellt, und die Bedienung sagte uns, wir seien nicht die Einzigen: In den letzten drei Monaten seit dem Mord hätten die Köche sich einen größeren Vorrat an Chianti, Tagliatelle, Gnocchi und Parmesan zulegen müssen), während wir also warteten, fragten wir uns, wie die Zeugen, die die kleine Genovese hatten sterben lassen, wohl den Abend verbringen würden.

Soviel wir wussten, hatten sie nicht gemeinsam Front gegen die allgemeine Missbilligung gemacht. Jeden Morgen war ich darauf gefasst gewesen, eine Nachricht vorzufinden, die unter meiner Tür hindurchgeschoben worden war und uns aufforderte, sie bei einem Verein, einem Club, einer Liga zu unterstützen, die der eine oder die andere von ihnen sicher gründen würde. Aber nein, nichts dergleichen, sie schienen sich bedeckt halten, sie schienen schweigen zu wollen.

Es war kurz vor zehn Uhr abends, als das Telefon klingelte. Gansberg ließ uns ausrichten, dass die Geschworenen ihre Beratungen abgeschlossen hatten. Die Urteilsverkündung stehe bevor.

Die Dunkelheit brach herein, als wir zum Sitz des Obersten Gerichts zurückkehrten. Man war allgemein auf eine Vertagung gefasst – alle dachten, dass die Geschworenen sich ein Wochenende Bedenkzeit nehmen und ihre Entscheidung erst am Montag verkünden würden –, also saßen nur noch wenige Journalisten müßig auf den Stufen vor dem Gebäude herum, und insgesamt betraten nicht mehr als ein Dutzend Menschen den Gerichtssaal, um den Spruch der Geschworenen zu hören. Obwohl einige Boulevardblätter das Gerücht in die Welt gesetzt hatten, eine sensationelle Entwicklung sei noch immer im Bereich des Möglichen, entsprach das Ergebnis den Erwartungen: Moseley wurde des Mordes für schuldig befunden.

Die Urteilsverkündung wurde auf den folgenden Montag festgesetzt – in einem solchen Fall unterscheidet die amerikanische Justiz zwischen der Verhandlung, in der die Schuld oder Unschuld des Angeklagten festgestellt wird, und der, in der das Urteil verkündet wird. Die Verteidigung bat um Aufschub, um zusätzliches Beweismaterial vorlegen zu können. Richter Shapiro lehnte mit der Begründung ab, dass er nur einen Wunsch habe, nämlich, dass Moseley möglichst bald möglichst weit von Queens County entfernt hinter Gittern in dem Gefängnis saß, wo seine Hinrichtung stattfinden sollte.

Es war noch nicht einmal Mitternacht, als wir in die Austin Street zurückkamen. Die hohen, dunklen Fronten von Mowbray House und den West Virginia Apartments ragten in der

Straße auf wie Kreuzfahrtschiffe, die vergessen an einem verlassenen Kai vor Anker liegen. Kein Licht, kein Geräusch. Nur das kleine Tudorhaus mit der fröhlichen Musik, die aus dem *Old Bailey's* drang, und dem sanften, warmen Glanz von Tony Corrados Möbeln in ihrem Schaufenster sah aus wie eine Segeljacht voller Partygänger, die es kein bisschen eilig hat, in den Hafen einzulaufen. Zwei Pudel mit Löwenmähne jagten sich gegenseitig bellend über den Parkplatz, und ein Zug hielt an der Long Island Railroad Station. Niemand stieg aus. Ein Polizeiauto bog vom Lefferts Boulevard in die Austin Street ein. Wir standen unter permanenter Bewachung.

Der Fahrstuhlführer, der Nachtdienst hatte, empfing uns mit einem strahlenden Lächeln. Er hielt sich in der Eingangshalle auf und hörte Radio – einen Musiksender, sodass keine Gefahr bestand, dass er Nachrichten über den Fall Moseley oder gar Anspielungen auf die Feigheit mancher Zeugen hörte.

Er machte sich schon zum Fahrstuhl auf, als Guila ihm sagte, dass wir heute Abend lieber auf seine Dienste verzichteten und zu Fuß hinaufgehen würden.

Am Montag, den 15. Juni drängte sich wieder eine Traube von Menschen auf den Stufen und in der Eingangshalle des Obersten Gerichtshofs. Es sollte das letzte Mal sein, dass wir Moseley sahen. Danach würden nur noch seine Mitinsassen, seine Anwälte und einige wenige Angehörige ihn zu Gesicht bekommen, seinem Blick begegnen, seine Stimme hören, seinen Atem und seinen Schweiß riechen.

Das nahmen wir jedenfalls alle an.

Auf die Aufforderung von Richter Shapiro hin legte Frank Cacciatore die erschwerenden Umstände dar, die er und sein

Team zusammengetragen hatten. Er las die eidesstattlichen Erklärungen von vier Frauen vor, die beschrieben, wie Moseley sie überfallen hatte. Eine von ihnen hatte er auch vergewaltigt.

Die Verteidigung brachte vor, dass Moseley schizophren sei, dass er, wie der bemitleidenswerte Dr. Jekyll, ein Monster in seiner Brust hege, was doch wohl beweisen würde, dass er nicht zurechnungsfähig war. Psychiater hätten zwar im Zeugenstand ausgesagt, dass Moseley problemlos Gut und Böse unterscheiden könne – doch die Psychiater hätten ihn nur tagsüber untersucht, zu einer Uhrzeit, wo Moseley bekanntlich ein liebender Ehemann, ein fürsorglicher Vater und ein vorbildlicher Angestellter sei.

»Ich möchte betonen, dass eine lebenslange Freiheitsstrafe mir nicht genügen würde«, schloss Frank Cacciatore. »Und sie würde, da bin ich sicher, auch die Bewohner dieser Stadt nicht beruhigen. Denn wer legt die Hand dafür ins Feuer, dass dieses Monster nicht wieder Angst und Schrecken verbreitet, wenn es am Leben bleibt?«

Die Geschworenen zogen sich zurück. Sie brauchten nur wenige Minuten, um ihre Entscheidung zu treffen. Die Erklärung, die ihr Vorsitzender stellvertretend für die elf anderen abgab, war kurz und bündig:

»Die Geschworenen plädieren für die Todesstrafe.«

Seine Worte wurden mit donnerndem Applaus und lauten Jubelrufen aufgenommen. Der Tumult war so groß, dass Passanten auf dem Queens Boulevard stehen blieben und zum Gerichtsgebäude starrten, weil sie dachten, dass Häftlinge einen Aufstand probten oder dass ein Angeklagter umgebracht worden sei, wie damals, als der dicke Jack Ruby Kennedys Mörder Lee Harvey Oswald aus nächster Nähe erschossen hatte.

Einzig Moseley blieb unerschütterlich, als ginge ihn das alles nichts an. Er machte sogar einen gelangweilten Eindruck.

Nachdem Richter Shapiro lang und anhaltend mit dem Hammer auf den Tisch geklopft hatte, setzten sich alle wieder. Das Geschrei ebbte ab und verwandelte sich in ein gedämpftes Rauschen, wie wenn man an einem Fluss spazieren geht und sich gerade von einer Stromschnelle entfernt.

Der Richter wartete, bis es vollkommen still war, und verkündete dann die Todesstrafe. Anschließend sagte er, dass er sie zwar eigentlich nicht befürworte, weil er nicht glaube, dass man durch die Vollstreckung des Urteils in irgendeiner Weise ein Exempel statuiere, doch angesichts eines solchen Monsters (und dabei ruhte sein Blick auf Moseley) würde er keine Sekunde zögern, selbst auf den Knopf zu drücken, der die Stromstöße zu den Elektroden des Stuhls leite.

MOSELEY KAM in das Hochsicherheitsgefängnis von Attica im Bundesstaat New York, das seiner Strenge wegen mit der Hölle von Alcatraz verglichen wurde.

Als Moseley dort inhaftiert war, mussten sich die Insassen mit einem Eimer Wasser für die wöchentliche Dusche und einer einzigen Rolle Toilettenpapier pro Monat begnügen. Es kam häufig zu Schlägereien unter Häftlingen, im Schnitt zweimal täglich, immer mit Stichwaffen, deren Wirkung umso verheerender war, als sie in den meisten Fällen selbst gemacht waren.

Moseley verhielt sich drei Jahre lang ruhig, so lange, bis sein Fall in Berufung ging.

Er hatte bereits einen Anlass zur Zufriedenheit: Als der Prozess gegen Alvin Mitchell, den »anderen« mutmaßlichen Mörder der jungen Barbara Kralik, vor Gericht kam, hatte die Verteidigung – in der Annahme, dass er sein Geständnis wiederholen würde – Moseley in den Zeugenstand gerufen. Doch da niemand gezwungen ist, auszusagen, wenn er sich damit selbst belastet, sicherte man Moseley vorab zu, dass er auf keinen Fall dieses Mordes wegen strafrechtlich verfolgt werden würde. Also wiederholte er brav, was er bei seiner Festnahme gesagt hatte. Doch manche seiner Äußerungen, die die Polizisten zufriedengestellt haben mochten, als sie die Aussage »brühwarm« aufzeichneten, wirkten nicht mehr so überzeugend. Charles E. Skoller, damals ein brillanter junger Staatsanwalt, hob einige Unstimmigkeiten hervor: Das Schlachtermesser, das Moseley angeblich verwendet hatte, konnte unmöglich solche Verletzungen verursachen, wie der Rechtsmediziner sie bei dem jungen Mädchen gefunden hatte; Moseleys Beschreibung des Hauses der Familie Kralik entsprach nicht der Wahrheit, ebenso wenig wie die Angaben, die er über das Wetter in jener Nacht machte. Am seltsamsten aber war die Tatsache, dass Winston Moseley, der sich immer nur an Frauen ohne Begleitung vergriff, sich in ein Haus gewagt haben sollte, in dem ganz offensichtlich eine Familie lebte.

Die Geschworenen, hin- und hergerissen zwischen zwei möglichen Schuldigen, waren nicht in der Lage, zu einem Urteilsspruch zu kommen.

Ein zweites Verfahren wurde eingeleitet, in dem Moseley wieder in den Zeugenstand gerufen wurde. Diesmal gab er zu, gelogen zu haben: Nein, er sei nicht Barbara Kraliks Mörder.

Warum sollte Moseley diesen besonders grausamen Mord auf seine Kappe nehmen, wenn er ihn nicht begangen hatte? Etwa aus Spaß daran, Sand ins Getriebe der Justizmaschinerie zu streuen, so wie verantwortungslose Kinder manchmal versuchen, Züge entgleisen zu lassen (und es ihnen gelegentlich sogar gelingt)? Weil dieser Mord, von dem er in der Zeitung las, seine Fantasie angeregt hatte und es ihm eine gewisse Befriedigung verschaffte, sich einzubilden und zu behaupten, er sei der Mörder? Oder weil es eine Möglichkeit war, andere glauben zu machen, er sei verrückt?

Auf der Annahme, er sei geistesgestört, basierten jedenfalls die Argumente von Moseleys Verteidiger, um seinen Mandanten vor dem elektrischen Stuhl zu bewahren. Während des Berufungsverfahrens warf er Richter Shapiro vor, der Tatsache, dass Moseleys Geisteszustand beeinträchtigt war, nicht ausreichend Rechnung getragen zu haben: Er habe ihn eiskalt zum Tode verurteilt, ohne den Verdacht auf Schizophrenie zu prüfen, als sei Moseley ein Mensch, der seine Triebe beherrschen könne, was offenkundig nicht der Fall war.

Die Taktik von Moseleys Verteidiger war natürlich die einzig mögliche. Gegen seine Beweisführung sprach jedoch Dr. Frank A. Cassinos belastendes Gutachten, in dem er darauf hinwies, dass Moseley in der Nacht des Mordes an Kitty sehr wohl in der Lage gewesen sei, alle möglichen Konsequenzen seines Handelns zu bedenken, und dass sein Verhalten zu keinem Zeitpunkt dem eines Mannes entsprochen habe, der unter Halluzinationen oder einem Anfall von Wahnsinn litt. Der Arzt äußerte sich sogar beeindruckt davon, wie der Mörder die Tat geplant und von Anfang bis Ende kontrolliert ausgeführt habe.

Wie immer, wenn es mehrere Experten gibt, vertrat ein anderer Psychiater die entgegengesetzte Auffassung. Dr. Emil G. Winkler zufolge hatte Moseley eine gespaltene Persönlichkeit: Er, der tagsüber ein vorbildlicher Ehemann, ein mustergültiger Vater, ein untadeliger Angestellter war, verwandle sich nachts manchmal in ein blutrünstiges Monster. Das sei das Phänomen des Werwolfs in all seinen ungeheuerlichen Facetten, der unwiderlegbare Beweis, dass er unter einer Geisteskrankheit leide. Im Gegensatz zu seinem Kollegen Cassino vertrat Dr. Winkler die Ansicht, dass Moseleys Fähigkeit, zwischen Gut und Böse zu unterscheiden, schwer gestört sei.

Trotz des Drucks der Öffentlichkeit, Moseley zum elektrischen Stuhl zu verurteilen, befand das Berufungsgericht des Bundesstaates New York, im ersten Prozess habe man die Tatsache, dass der Angeklagte möglicherweise geistesgestört war, tatsächlich nicht ausreichend berücksichtigt. Moseleys Geschichte von den Fliegen, die so dumm waren, der todbringenden Fliegenklatsche zu nahe zu kommen, trug zur Überzeugung des Gerichts bei, dass der Mörder nicht ganz bei Verstand war. Und daran würden auch zwei Stromstöße, erst einer von zweitausendfünfhundert Volt und dann einer von fünfhundert, nichts ändern.

Hinzu kam, dass der Würger von Boston, Albert De Salvo, der dreizehn Frauen zwischen neunzehn und fünfundzwanzig Jahren vergewaltigt und ermordet hatte – also immerhin zehn Frauen mehr als Moseley –, vor Kurzem *nur* zu lebenslänglich verurteilt worden war.

Und so durfte der Mörder von Kitty Genovese erleben, dass sein Todesurteil in eine lebenslange Freiheitsstrafe umgewandelt wurde, in Verbindung mit einer Sicherungsverwahrung von zwanzig Jahren.

Sobald die Gitter, hinter denen er saß, nicht mehr die des Todestrakts waren, hatte Moseley nur noch einen Gedanken: wieder freizukommen, und zwar vor 1987, dem Jahr, in dem er einen Antrag bei der Begnadigungskommission stellen durfte. Da er jedoch ahnte, dass man seinem Antrag nicht stattgeben würde, hielt er es für besser, selbst die Initiative zu ergreifen.

Er ließ ein wenig Zeit verstreichen. Dann, eines Tages, führte er sich einen Metallgegenstand in den After ein. Trotz der Schmerzen, die er sich damit zufügte, schob er ihn so tief hinein, dass eine Operation die einzige Möglichkeit war, um eine Bauchfellentzündung zu verhindern.

So lautete jedenfalls die Diagnose des Gefängnisarztes, der empfahl, den Häftling in einen Krankenwagen zu verfrachten und ihn ins nächstliegende Krankenhaus, das von Buffalo, zu bringen.

Genau darauf hatte Moseley spekuliert.

Einmal im Krankenwagen, streckte er den Beamten zu seiner Bewachung nieder, indem er mit solcher Kraft zuschlug, dass diesem das Blut aus den Augen spritzte. Dann packte er einen Schlagstock, schlug die anderen Beamten bewusstlos, entwendete eine Schusswaffe und sprang aus dem Auto.

Mit der erbeuteten Pistole nahm er Geiseln, benutzte sie als Deckung und floh. Es gelang ihm, in den Vororten von Buffalo unterzutauchen.

Doch sein Bauch schmerzte zu sehr, als dass er weit hätte kommen können. Das Beste für ihn war, ein unbewohntes Haus oder eine leer stehende Wohnung zu finden, wo er sich verstecken, seine Häftlingskleidung gegen andere austauschen und vor allem sich ausruhen konnte. Wenn er sich nicht mehr so viel bewegte, würde auch der Metallgegenstand ruhen und Moseleys Darm nicht perforieren. Und wenn trotzdem etwas schiefging, konnte er immer noch zum Telefonhörer greifen, sich als rechtmäßigen Bewohner des Hauses oder der Wohnung ausgeben und einen Arzt rufen, der unter Waffenandrohung gezwungen wäre, ihm zu helfen.

Sehr bald entdeckte er in einem Wohnhaus in Buffalo eine verlassene Fünfzimmerwohnung, zu der er sich ohne Schwierigkeiten Zugang verschaffte. Der Kleiderschrank war voll halbwegs passender Herrenkleidung, und die Lebensmittelvorräte im Kühlschrank hätten, wenn nötig, für vierzehn Tage gereicht. In der ganzen Wohnung lag Teppichboden, es gab zwei Fernseher, beide in Farbe, Elizabeth und die Kinder wären liebend gern hier eingezogen, außerdem lag das Wohnhaus auf einem großen Grundstück mit reichlich Platz für seine fünf Schäferhunde – wenn es denn noch fünf waren, dachte Moseley mit einem Kloß im Hals, immerhin hatte er sie schon vor mehreren Jahren im Stich gelassen. Er zweifelte nicht an Elizabeths Fähigkeit, für sie zu sorgen, doch Schäferhunde leben nicht lange, und bei seiner Verhaftung waren sie schon sieben oder acht Jahre alt gewesen.

Moseley legte sich auf eines der Betten. Später würde er sich mit allem, was im Kühlschrank war, ein Festmahl zubereiten und anschließend ein schönes heißes Bad nehmen. Ohne die schrecklichen Bauchschmerzen wäre er rundum glücklich gewesen.

Man sollte sich vor diesen Trabantenstädten hüten, deren Bewohner, wenn sie erst zu Hause sind, nichts Besseres zu tun haben, als auf den Fernseher zu glotzen oder zum Fenster hinaus und darauf zu warten, dass gegenüber eine Nachbarin im Morgenmantel auftaucht.

Auf diese Weise sah ein Mieter mehrmals eine Gestalt am Fenster eines Apartments vorbeigehen, dessen Bewohner seines Wissens bis Anfang nächster Woche auf Geschäftsreise in Seattle war. Natürlich konnte er früher als vorgesehen zurückgekommen sein, doch derjenige, der da hin und her ging, war nicht allzu groß und schwarz, und das passte nicht zum Wohnungsbesitzer.

Argwöhnisch geworden, rief der Mieter das Ehepaar Snodgrass an, das im Nachbarhaus wohnte. Sie waren mit dem Besitzer befreundet, und er überließ ihnen immer seine Schlüssel, wenn er verreiste.

Marvin Snodgrass und seine Frau Aileen wollten selbst

nach dem Rechten sehen. Sie hielten es nicht für nötig, die Polizei zu benachrichtigen. Sie machten sich überhaupt keine Gedanken: Jemand, der wirklich böse Absichten hegte, würde sich nicht so offen zeigen. Es handelte sich also eher um einen Bekannten, dessen Besuch ihr Freund vergessen hatte zu erwähnen. Oder es war irgendein Halbwüchsiger, dem es gelungen war einzudringen (in diesem Viertel wimmelte es von Jugendlichen, die eine Begabung dafür hatten, Schlösser zu knacken) und der die Wohnung auf der Suche nach Alkohol, Drogen oder Pornoheftchen auf den Kopf stellte.

Als Marvin Snodgrass die Wohnung betrat, herrschte dort eine ganz andere Atmosphäre als sonst. Eine unbeschreibliche, aber äußerst unangenehme Atmosphäre. Und er wusste gleich, dass er Aileen nicht hätte mitnehmen dürfen. Er wandte sich zu ihr, um sie wieder wegzuschicken, doch es war schon zu spät: Moseley trat aus einem der Zimmer, die linke Hand auf dem schmerzenden Bauch, mit der rechten hielt er eine Pistole und richtete sie auf das Paar.

Der Albtraum begann. Er sollte achtundvierzig Stunden dauern.

Moseley schlug Snodgrass nieder, in der Absicht, ihm ernsthaft wehzutun. Er sollte begreifen, wer hier der Herr im Haus war, und seine Frau auch.

Dabei verstand Aileen das umso besser, als das Gesicht des Mannes ihr nicht fremd war. Sie konnte sich nur nicht erklären, wie es ihn hierher verschlagen hatte, wenn er doch theoretisch für den Rest seines Lebens im Knast verfaulen sollte. Doch sie war sicher, dass es Winston Moseley war, der da gerade brutal mit dem Pistolengriff auf Marvin eindrosch.

Wie Millionen anderer Amerikaner war Aileen erschüttert gewesen von dem Martyrium der kleinen Genovese, von der erschreckenden Untätigkeit der Zeugen und vor allem von der Grausamkeit des Monsters, das Kitty über eine halbe Stunde lang gequält hatte. Denn das, was diese Leute getan hatten, die in aller Ruhe zu Hause geblieben waren, ohne dem Opfer in irgendeiner Weise beizustehen, war zwar schäbig, doch man durfte vor Empörung nicht das Verhalten des Mörders vergessen, der jede Verletzung, die er Kitty zufügte, in vollen Zügen ausgekostet hatte und in dessen Ohren jeder ihrer Schluchzer Musik gewesen war. »Wenn dieser Dreckskerl vor mir stehen würde«, hatte Aileen damals gesagt, »würde ich ihn wahrhaftig mit meinen Nägeln in Stücke reißen, und ich würde dafür sorgen, dass es Stunden dauert.«

Nun stand er vor ihr – doch jetzt würde er versuchen, sie auf besonders langsame und grausame Weise, wie es sein Markenzeichen war, zu Tode zu quälen. Und nach ihrem Tod würde er sie zu seinem Lustobjekt machen.

Denn Moseley war nekrophil. Darauf hatten sich die Psychiater schließlich geeinigt, und Moseley war nicht beleidigt gewesen, als sie es ihm eröffneten, er hatte sogar gelächelt, als würde er sich freuen, als nekrophil wahrgenommen zu werden. Nun könnte er endlich offen mit den Ärzten sprechen, die ohnehin nichts Besseres zu tun hatten, als ihm zuzuhören. Es gäbe gar keinen Grund mehr für ihn, sich zu verstellen, die Dinge zu beschönigen – im Gegenteil, man würde hocherfreut sein, wenn er alles so genau wie möglich benannte und bis ins Detail beschrieb, was ihm Erektionen verschaffte.

Aber nekrophil oder nicht, wenn die Gelegenheit sich ihm bot, bereitete es Winston Moseley durchaus auch Lust, lebende weibliche Wesen zu nötigen und zu missbrauchen.

So vergewaltigte Moseley, trotz der starken, stechenden Schmerzen, die das Metall tief in seinem Körper verursachte, Aileen Snodgrass mehrmals vor den Augen ihres Mannes. Beim ersten Mal schrie sie, so laut sie konnte. Danach war sie entkräftet und wimmerte nur noch.

In der Zwischenzeit suchte die Polizei emsig nach Winston Moseley. Doch diese Emsigkeit wurde streng geheim gehalten, maskiert, verdeckt – man wusste nämlich, dass der Mörder sich in Buffalo aufhielt, und dort sollte er auch bleiben, wie ein Abszess, den man fixiert, um ihn leichter aufstechen zu können.

Der Mann, der das Ehepaar Snodgrass über einen ungewöhnlichen Besucher in der Wohnung informiert hatte, ließ es dabei bewenden. Er hatte seine Pflicht getan, der Rest interessierte ihn nicht. Abgesehen davon hatte er keine Gestalt mehr am Fenster gesehen, also schien alles wieder in Ordnung zu sein. Darum erfuhr das FBI nicht gleich, dass Moseley das Ehepaar Snodgrass als Geiseln genommen hatte, den beiden Gewalt antat und sie gefangen hielt.

Die Agenten schnüffelten in allen bekannten Verstecken der Stadt herum, mit derselben unauffälligen Sorgfalt, mit der ich mich von einem Stein auf dem Grund des Flusses zum nächsten an den Fisch heranpirsche, dem es gelungen ist, die Schnur, die ihn gefangen hält, an einem Felsen zu zerschneiden. Das FBI und ich wenden in etwa dieselbe Taktik an (ich wundere mich nur, dass es unter den Bundespolizisten im Ruhestand nicht mehr Fliegenfischer gibt), wobei wir vor allem darauf achten, keine Wellen zu schlagen, das Wasser nicht zu trüben, nichts zu tun, was das reglos verharrende Biest aufscheuchen könnte. Es soll sich selbst verraten, durch winzige Details: ein hauchzartes Wölkchen aufgewirbelter Kieselsteine, ein Komma im Sand, eine leichte Trübung durch eine Flossenbewegung, die Flucht kleiner Fische, die das Raubtier bemerkt haben.

Wie das FBI Moseley schließlich aufgetrieben hat? Vielleicht durch den Geruch von Todesangst, den Aileen Snodgrass, verletzt, nackt und geschändet, durch alle Poren ausschwitzte? Oder durch den Geruch des Bluts, das aus Marvin Snodgrass' Wunden sickerte? Was das anging, wahrten die Federals Schweigen. Sie können sich gut ins Rampenlicht setzen, doch sie können auch ihre kleinen Geheimnisse, die ihnen zu solch sagenhaften Fängen verhelfen, eifersüchtig hüten – eine weitere Eigenschaft, die sie mit Anglern teilen.

Wie dem auch sei, es gelang einem jungen Special Agent – Neil Welch, den dieser große Wurf zu einem der Stars des New Yorker FBI machen sollte –, in die Wohnung einzudringen.

»Noch ein Schritt und ich schieße!«, schrie Moseley.

»Ich bin gekommen, um zu reden«, sagte Welch ruhig.

Eine endlose halbe Stunde boten sich Welch und Moseley die Stirn, jeder von ihnen hielt dabei seine Waffe auf den anderen gerichtet, jeder war halbwegs in Deckung, zwischen ihnen lagen die Snodgrass auf dem Teppich, der sich mit Marvins Blut und Aileens Tränen vollsog.

Die Argumente, die Neil Welch vorbrachte, um Moseley davon zu überzeugen, sich zu ergeben, waren nicht viel besser als die, mit denen Moseley Welch überreden wollte, ihn mit seinen Geiseln in einem vollgetankten Wagen wegfahren zu lassen, den die Polizei ihm stellen sollte, samt der Garantie, ihn nicht zu verfolgen. Ehrlich gesagt waren beide Männer gleich unglaubwürdig. Doch Moseley hatte einen Großteil seiner Kampfeslust eingebüßt, durch die wiederholte Vergewaltigung von Aileen Snodgrass und weil ein Metallteil durch seinen Dickdarm wanderte – jedenfalls ist das die Stelle, wo der Chirurg es wenige Stunden später fand.

Schließlich ließ Moseley seine Waffe über den Boden zu Welch schlittern und ging mit erhobenen Händen auf den Special Agent zu.

Er riskierte nicht allzu viel, indem er sich ergab, die Todesstrafe war schon einmal über ihn verhängt worden, und vor allem hatte die Justiz anerkannt, dass er geisteskrank war, was ihn vor weiteren Strafen bewahrte.

Er war noch nicht einmal wegen des Mordes an Annie Mae Johnson vor Gericht gestellt worden.

AM 11. MÄRZ 2008, vierzig Jahre nach diesen Ereignissen, trat Winston Moseley, nachdem er die Haft genutzt hatte, um einige Hochschulabschlüsse zu erwerben, vor die Kommission, die für die Freilassung auf Bewährung zuständig ist. Eines der Kommissionsmitglieder erinnerte ihn daran, was in Buffalo geschehen war, und fragte, ob er einsehe, dass dieses Verbrechen besonders abscheulich gewesen war.

»Tja«, antwortete Moseley darauf gelassen, »natürlich ist das Ihr Standpunkt. Aber ich habe das damals ganz und gar nicht so gesehen. Außerdem ist dabei niemand ums Leben gekommen.«

Es war das dreizehnte Mal, dass er sich an die Kommission wandte, in der Hoffnung, wieder auf freien Fuß zu kommen. Er gab nun immerhin zu, dass das, was er Kitty zugefügt hatte, der Familie Genovese *Unannehmlichkeiten bereitet* (!) haben könnte. Andererseits schien ihm, dass diese tragische Geschichte für die Aufklärung der Gesellschaft von Nutzen gewesen sei, da sie ihre Mitglieder aufforderte, Menschen in Not oder in Gefahr beizustehen …

Abermals wurde sein Antrag abgelehnt. Doch er wollte erneut vorstellig werden, sobald das Gesetz es ihm erlaubte. »Ich bin nicht mehr derselbe wie vor vierzig Jahren«, sagte er, »ganz und gar nicht.«

Kann er sich denn nicht einfach damit begnügen, dass er lebt? Die Great Meadow Correctional Facility, wo er sitzt, ist zwar ein Hochsicherheitsgefängnis, aber es ist kein unerträglicher Ort, schon gar nicht für einen alternden Häftling – immerhin ist er zweiundsiebzig Jahre alt! Und ich steuere auf die hundert zu. Was in der heutigen Zeit nichts Besonderes ist, und ich beklage mich weder darüber, noch freut es mich übermäßig. Solange Guila bei mir bleibt, ist alles in Ordnung. Ich unterwerfe mich einigen simplen medikamentösen Ritualen und erwache jeden Morgen in der Hoffnung, einen weiteren Tag zu erleben. Von den Ameisenlöwen, den Libellen und den Großen Eintagsfliegen, die in den Wolken von Goldstaub schwirren, mit denen die Maisonne die Flüsse pudert, habe ich gelernt, mich mit wenig zu begnügen, in erster Linie mit Licht und Wasser.

Einen Wunsch hätte ich allerdings noch, doch ich fürchte, dass er sich nicht erfüllen lassen wird.

Ich weiß, dass auf dem Friedhof von Lakeview in New Canaan eine einfache Steinplatte in den Boden eingelassen ist, kaum höher als der Rasen und die Eichenblätter, die der Wind dorthin weht, mit der schlichten Inschrift:

CATHERINE SUSAN

GENOVESE

1935–1964

Dieses Grab würde ich gern besuchen. Und Guila würde Blumen mitnehmen. Doch die Familie Genovese (Kittys Eltern Vincent und Rachel ruhen jetzt ganz in der Nähe ihrer Tochter) hat durchgesetzt, dass die Grabstätte nicht bekannt wird. Sie haben natürlich keine Ketten, Zäune oder Stacheldraht errichtet, doch Kittys Grab ist auf keinem Plan eingezeichnet, und die Angestellten des Lakeview Cemetery wurden angewiesen, es höflich, aber bestimmt abzulehnen, den Besuchern zu verraten, wo es liegt.

Und trotz der Gelassenheit, die ich soeben bezüglich meines Alters an den Tag gelegt habe, fürchte ich, dass ich zu alt bin, um auf gut Glück so lange über den Friedhof zu streifen, bis ich zufällig über Kittys Grab stolpere – Lakeview ist riesig, es gibt dort etwa zehntausend Gräber.

Grenzt unsere, Guilas und meine, Neugier vielleicht schon an Respektlosigkeit? Ehrlich gesagt glaube ich das nicht. Aber Kitty Genovese war eine nette junge Nachbarin für uns, genauso wie für eine ganze Reihe von Leuten in der Austin Street, und sie wurde zum Inbegriff der netten jungen Nachbarin von Millionen Amerikanern.

Wir kannten sie kaum, Guila vielleicht ein bisschen besser als ich, weil Frauen schnell miteinander ins Gespräch kommen, während ich – der ich die fünfzig längst überschritten hatte, als die Kleine in das hübsche Haus im Tudorstil zog – mich davor hütete, allzu oft mit jungen Frauen zu reden. In dem Viertel, das wie ein Dorf war, hätte ich sonst bald als schmieriger alter Mann gegolten, und sie hätte man ein Flittchen genannt. Aber Kitty spukt uns seither durch den Kopf, »obwohl wir selbst kurz davor sind, zu Geistern zu werden«, wie Guila so hübsch zu sagen pflegt.

Es tat uns furchtbar leid, dass wir nicht da waren, um ihr zu helfen, als sie solche Angst hatte, so furchtbar gefroren und solche Höllenqualen gelitten hat. Und das ist es, was wir ihr gern gesagt hätten. Damit sie uns nicht mit den anderen verwechselt.

Obwohl, wie Guila manchmal sagt, um mich zu foppen: »Bist du dir denn so sicher, dass du etwas unternommen hättest, Nathan?«

NACHWORT

DER MORD AN KITTY GENOVESE erschütterte die amerikanische Öffentlichkeit. Die Passivität der Zeugen ihres Todes wurde bald zu einem psychologischen Fallbeispiel und ging unter dem Namen »Genovese-Syndrom« in die Wissenschaft ein.

Für Professor Stanley Milgram, einen der bedeutendsten Sozialpsychologen des zwanzigsten Jahrhunderts, »rührte dieser Fall an einen wesentlichen Aspekt des menschlichen Seins oder den Uralbtraum. Sehen unsere Mitmenschen unserem Untergang tatenlos zu, wenn wir auf ihre Unterstützung angewiesen sind, oder eilen sie uns zu Hilfe? Sind diese anderen Wesen da, uns beizustehen, um unser Leben und unser Hab und Gut zu retten, oder sind wir nur schwebende Staubkörnchen in der Leere?«

Drei Jahre zuvor hatte Stanley Milgram ein Experiment durchgeführt und war zu dem Schluss gekommen, dass Menschen nicht zögern, unsinnigen oder gar grausamen Befehlen Folge zu leisten, wenn eine Person, deren Autorität sie als legitim erachten, sie erteilt. Einen ähnlichen Versuch führten nun die Sozialpsychologen Bibb Latané von der Columbia University und John M. Darley von der New York University über das Genovese-Syndrom oder den Bystander-Effekt durch. Hierbei werden Personen als Bystander bezeichnet, die einem Ereignis beiwohnen, ohne direkt daran beteiligt zu sein.

Eines ihrer Experimente bestand darin, eine Person (nennen wir sie A) allein in einen Raum zu schicken und ihr zu sagen, sie könne sich über eine Sprechanlage mit anderen Menschen verständigen – wobei diese anderen nur auf Tonband aufgezeichnete Stimmen waren.

Während A sich die Gespräche dieser vermeintlichen Personen anhörte, behauptete eine von ihnen (nennen wir sie B), sich plötzlich furchtbar unwohl zu fühlen, und bat darum, dass man ihr schnell zu Hilfe komme. Sie würde sonst sterben, sagte sie.

Der Versuch zeigte, dass A umso länger brauchte, den Arzt zu rufen, der das Experiment leitete – obwohl er sofort erreichbar gewesen wäre –, je mehr andere Personen den Hilferuf vorgeblich ebenfalls hörten.

Wenn also nur zwei Personen (A und C) den Hilferuf von B hörten, griffen sie in 85 Prozent der Fälle ein. Unternahmen sie nichts, so unter dem Vorwand, dass sie glaubten, der andere Teilnehmer würde eingreifen.

Waren drei Personen an dem Versuch beteiligt und hörten die verzweifelte Aufforderung von B, handelten sie nur noch in 62 Prozent der Fälle.

Bei sechs Versuchspersonen retteten sie B nur in 31 Prozent der Fälle.

Und manchmal sagte *keine der Personen* Bescheid, dass es B schlecht gehe und er Hilfe brauche, da alle annahmen, die anderen würden den Arzt alarmieren.

Latané und Darley schlossen daraus, dass, *wenn es in einer Notsituation nur einen Zeugen gibt, dieser sich zuständig fühlt und die Verantwortung übernimmt. Sobald andere anwesend sind, diffundiert die Last der Verantwortung.*

Aus dieser Diffusion von Verantwortung erklärt sich, wie Winston Moseley vor den Augen einer ganzen Reihe von Menschen Kitty Genovese fünfunddreißig Minuten lang quälen und sie anschließend töten konnte.

Aber eine Erklärung für ihr Verhalten zu haben heißt nicht, es zu entschuldigen.

Heute wissen wir, dass es nicht achtunddreißig *Augenzeugen* des Mordes an Kitty Genovese gab.

Man braucht nur auf den Lageplan des Tatorts zu schauen, um festzustellen, dass die Bewohner von Mowbray House unmöglich sehen konnten, was auf der Rückseite des Tudorhauses geschah – und noch viel weniger im Gang des Gebäudes, in das Kitty sich flüchtete und wohin Moseley sie verfolgte, um sie zu töten.

Hingegen steht fest – die Beweisaufnahme belegt es –, dass zahlreiche Bewohner von Mowbray House, West Virginia und dem Tudorhaus, nämlich zwölf Personen, *Augenzeugen* (und natürlich auch Ohrenzeugen) des ersten Überfalls auf offener Straße waren.

Außerdem hat sich herausgestellt, dass *alle* von der Polizei befragten Zeugen – die Personen, deren Aussagen zehn Tage später den Artikel in der *New York Times* untermauerten – *zumindest* Kitty Genoveses verzweifelte Schreie hörten. Und die meisten interpretierten diese Schreie zweifelsfrei als Hilferufe. Manche erklärten sogar, Kitty habe gesagt: »Er hat mich niedergestochen ... Er wird mich umbringen ... Helfen Sie mir ... Ich werde sterben ...«

Weder die Gründlichkeit der polizeilichen Ermittlungen noch die Qualität von Martin Gansbergs Arbeit stehen zur Debatte. Letzterer bekam für seinen Artikel übrigens eine Auszeichnung von der überaus peniblen *Newspaper Reporters Association of New York*, und die *Society of the Silurians*, ein anderer seriöser Journalistenverband, wählte seinen Bericht zum besten Nachrichtenartikel des Jahres.

Staatsanwalt Charles E. Skoller wurde nicht müde, es zu wiederholen: Vielleicht haben nicht achtunddreißig Nachbarn den Mord *gesehen*, aber es waren höchstwahrscheinlich *mehr als achtunddreißig*, die Kitty Genoveses Schreie *gehört* haben. Und alle, die sie hörten, begriffen unweigerlich, dass da ein besonders abscheuliches Verbrechen begangen wurde.

Aber in der amerikanischen Rechtsprechung gilt unterlassene Hilfeleistung nicht als Verbrechen.

Während William, einer von Kittys Brüdern, am Vietnamkrieg teilnahm, zogen die besagten Tatzeugen einer nach dem anderen aus der Austin Street weg. Unauffällig. Manche von ihnen vermieden es später um jeden Preis, über ihre Zeit dort zu sprechen. William Genovese trat in Vietnam – am 13. März 1967, auf den Tag genau drei Jahre nach Kittys Tod – auf eine Mine, und man musste ihm beide Beine amputieren, dennoch blieb er immer bei seiner Meinung, dass das Los seiner Schwester sehr viel härter gewesen sei als sein eigenes.

Kew Gardens – als symbolische Brutstätte des Egozentrismus und der Herzlosigkeit der Einwohner von Großstädten im Allgemeinen und von New York im Besonderen verschrien, als Heimat der »unbarmherzigen Samariter« an den Pranger gestellt – ist heute wieder zu einer reizvollen, friedlichen Gegend geworden.

In dem ganzen Teil der Stadt, nicht nur in Kew Gardens, sondern auch in Richmond, Woodhaven und im Norden von Ozone Park, wurde im Jahr 2007 nur ein einziger Mord verübt. Auch die Anzahl anderer Straftaten hat abgenommen.

In Kew Gardens lässt es sich friedlich leben. Mehr hätte Kitty Genovese gar nicht verlangt.

Kitty war nicht das erste Opfer des ohrenbetäubenden Schweigens von Tatzeugen, der seltsamen Lähmung, die sie erfasst. Sie war auch nicht das letzte. Der Bystander-Effekt wird immer wieder wirksam.

Am 23. August 2008, mitten in der Nacht und zufällig wieder in Queens, weniger als zwanzig Minuten von der Straße entfernt, wo Kitty Genovese lebte und starb, wurde Ebony Garcia, einundzwanzig Jahre alt und bereits Mutter einer kleinen Tochter, ebenfalls erstochen. Wie Kitty kam sie aus einer Bar. Ihr Mörder traktierte sie mit einem Dutzend Messerstichen in den Hals und ins Gesicht. Zeugen zufolge schrie Ebony eine endlose halbe Stunde lang, sie sei niedergestochen worden, und flehte um Hilfe. »Natürlich habe ich sie schreien hören, aber ich dachte, sie sei betrunken«, rechtfertigte eine Frau ihr Nichteingreifen. Schließlich kam jemand auf die Idee, die 911 zu wählen. Als die Polizei eintraf, lag Ebony Garcia in einer Blutlache auf dem Boden. Sie starb zwei Stunden später im Krankenhaus – aufgrund des schweren Blutverlusts, der hätte vermieden werden können, wenn man ihr rechtzeitig zu Hilfe gekommen wäre.

»Die Welt ist ein gefährlicher Ort«, sagte Albert Einstein. »Nicht wegen denen, die Böses tun, sondern wegen denen, die dabei zusehen und nichts tun, um es zu verhindern.«

CHAUFOUR-LA ROCHE

2006–2008

WEITERFÜHRENDE LITERATUR

Abraham Michael Rosenthal,
Thirty-Eight Witnesses. The Kitty Genovese Case.
Melville House Classic Journalism, 1975

Charles E. Skoller,
Twisted Confessions. The True Story Behind the Kitty Genovese and Barbara Kralik Murder Trials.
Bridgeway Books, 2008

Stanley Milgram,
Obedience to Authority. An Experimental View.
Harper & Row, 1974; dt. u. d. T. *Das Milgram-Experiment. Zur Gehorsamsbereitschaft gegenüber Autorität.*
Dt. von Roland Fleissner. Rowohlt, 1974

In dem Zusammenhang ebenfalls von Interesse ist der Film:
I … comme Icare (dt. u. d. T. *I wie Ikarus).*
Drehbuch: Didier Decoin, Henri Verneuil;
Regie: Henri Verneuil. Frankreich 1979